LA GARENNE

JEANNE BOURIN

LA GARENNE

ÉDITIONS JULLIARD

Vois se pencher les défuntes années,
Sur les balcons du ciel, en robes surannées ;
Surgir du fond des eaux le Regret souriant...

Recueillement, Les Fleurs du Mal,
Charles Baudelaire

À Marraine, in memoriam.

AVANT-PROPOS

Les événements que je décris dans ce roman ont eu lieu il y a plus de soixante ans. Certains sont imaginaires car il s'agit d'un roman. J'ai cependant essayé de recréer une partie du monde dans lequel j'ai vécu petite fille — monde qui paraît aujourd'hui bien lointain — et de retrouver le regard que je portais à l'époque sur les gens et sur les choses. L'adulte que je suis devenue espère ne pas avoir trahi l'enfant que j'étais alors.

JEANNE BOURIN

I

— Nom d'un petit bonhomme, dit Maman, imagine, Marcel, que notre Jacques soit tombé amoureux de Lulu. Quelle histoire !

— J'ai toujours trouvé bizarre qu'on dise « tomber amoureux », comme si l'amour était une chute et non une bonne et belle chose, remarque tranquillement Papa qui aime les idées générales. Mais ne te fais pas de bile. Tout ça finira très bien !

— Oh ! toi, tu es toujours optimiste ! N'empêche que cette idée me turlupine, soupire Maman d'un air soucieux.

Elle tourne la tête vers le fond de la voiture, pour s'assurer que ma petite sœur et moi dormons paisiblement. Ses yeux bleu clair, qui peuvent être si durs ou si aimants selon les circonstances, considèrent un instant la banquette arrière où nous sommes coincées entre la jeune bonne, Raymonde, et les multiples valises ou paquets qui n'ont pu tenir dans le coffre bourré à craquer. Maman a l'habitude d'emporter quantité de choses dans ses bagages, y compris les draps salis à Paris durant l'année. Elle les fera blanchir au lavoir, dans l'eau claire du Loir, avant de les mettre à sécher sur l'herbe de la Garenne, notre grand jardin.

Elle constate que nous paraissons dormir, Marie-Ange et moi. Elle se rassure. Il ne faudrait pas que nous ayons surpris ce qu'elle vient de confier à Papa au sujet de Jacques. Nous sommes trop jeunes pour ce genre de sujet.

Ma sœur, qui a deux ans de moins que moi, dort vraiment. Je fais seulement semblant.

Sans cesse dérangée par les maux de cœur qui me précipitent à intervalles irréguliers sur les bas-côtés de la route, les yeux fermés, j'écoute la conversation de mes parents avec une immense curiosité. J'ai huit ans et demi. Les questions se rapportant à l'amour commencent à m'intéresser. Et puis, il s'agit de Jacques, le fils de ma marraine bien-aimée. Maman, qui s'est mariée tard, l'a en partie élevé car il est son filleul. Il a onze ans de plus que moi. C'est un peu mon grand frère. Je l'aime beaucoup et l'admire encore davantage. Apprendre ainsi, tout à trac, qu'il est « tombé amoureux » de la fille la plus jeune et, à mon avis, la plus jolie, de la petite bande d'amis qui gravitent autour de lui pendant nos vacances d'été, me trouble soudain plus que je ne saurais le dire.

Décidément, quelle journée ! Ce premier juillet 1930, mémorable entre tous, a commencé par une énorme surprise. D'habitude, nous partions en vacances par le train et Maman se voyait contrainte d'empiler ses affaires dans de nombreuses malles. Nous gagnions en taxi la gare Montparnasse et il nous fallait beaucoup de temps avant de parvenir à La Chartre-sur-le-Loir, petite ville paisible où se trouve la maison de Maman et, surtout, ma chère Garenne, mon jardin adoré !

Mais ce matin, rien de semblable. D'un air mystérieux, avec des yeux qui riaient à l'abri de ses lunettes, Papa nous a entraînées, Marie-Ange et moi, jusque sur le balcon de notre appartement. Situé au cinquième étage, il domine la rue Valentin-Haüy à m'en donner le vertige.

— Regardez ! a dit Papa.

Je me suis penchée en dépit de mon appréhension, et j'ai vu en bas, tout en bas, devant la porte d'entrée de l'immeuble, une voiture qui attendait.

— J'ai acheté une auto ! a expliqué, non sans fierté, notre père, passionné par toutes les inventions de la science moderne. Quand je pense qu'à votre âge, il m'est arrivé de voyager en diligence, alors qu'à présent, je vois des avions voler dans le ciel de Paris, que de chemin parcouru ! Ma génération aura connu plus de transformations et de découvertes dues au génie humain que toutes les précédentes !

C'est sa première voiture. Notre première voiture. Je la contemple avec une admiration que partagent visiblement ma sœur et Maman, qui s'est jointe à nous.

— Elle est magnifique ! dis-je, enthousiasmée.

Nous descendons les cinq étages aussi vite que possible et nous retrouvons, ravies, devant la Ford noire, haut perchée sur des roues grêles et déjà chargée de bagages. Elle ressemble à une mouche géante avec ses gros yeux ronds, sa carrosserie surélevée et, dès le départ, ses sautillements dus à la conduite assez crispée de Papa. Il vient de passer son permis de conduire et ne maîtrise pas encore très bien son véhicule. Mais notre joie, notre émotion ne sont en rien troublées pour autant.

Et c'est ainsi que nous sommes partis pour la Garenne ! La vie est belle ! Mais comme rien, jamais, n'est parfait en ce monde, je n'ai pas tardé à ressentir les premiers des malaises qui ne vont plus cesser de me tarauder durant tout le trajet.

Un peu tendu, Papa a mis le cap sur la porte de Versailles par laquelle nous avons quitté la capitale. Ayant appris à conduire sur le tard (il a quarante-cinq ans) il demeurera toute sa vie un conducteur dépourvu de souplesse et d'aisance. Il faut aussi reconnaître que les cris de Maman, qui jaillissent fébrilement à tout propos, mettent à rude épreuve les nerfs d'un homme pourtant réputé dans la famille pour son calme et sa patience.

— Marcel ! Un cycliste !

— Marcel ! Attention !

— Marcel ! Un chien !

Nous sommes cependant parvenus sans encombre à rattraper la route de Versailles qui, par Chartres et Vendôme, nous permet de gagner les bords du Loir qui coule avec entrain à travers la verte vallée de nos vacances.

Notre voyage est plein d'imprévu. Une crevaison, due au mauvais état des routes, nous immobilise une première fois avant Châteaudun.

— Heureusement, j'ai tout ce qu'il faut dans ma boîte à outils pour changer le pneu, constate Papa avec satisfaction. Je le ferai réparer plus tard.

J'en profite pour descendre et humer longuement l'air pur de la campagne. Maman me fait respirer de l'eau de Cologne sur son mouchoir. Nous repartons.

Après Vendôme, la Ford se met à hoqueter, ralentit, s'immobilise.

— Marcel, qu'est-ce qui se passe ? demande Maman, tout de suite angoissée.

— Je ne sais pas. Je vais voir.

Papa descend. J'en fais autant, soulagée par cette nouvelle interruption. Je regarde mon père soulever le capot et inspecter le moteur.

— C'est peut-être le carburateur qui est bouché, dit-il en détachant le petit organe incriminé.

Papa se pique de connaissances en mécanique. En dépit de sa modestie et de sa nature discrète, il ne déteste pas que sa femme et ses filles puissent le constater. Il souffle vigoureusement dans le carburateur.

— Essayons de repartir.

Après quelques bruyants hoquets et soubresauts, la voiture accepte de redémarrer.

— Victoire, criait-on ! s'exclame Papa qui aime bien cette citation.

Nous repartons une nouvelle fois. Mais, non loin de La Chartre, sur la route ombreuse et non goudronnée qui longe le Loir, vert et vif comme un jeune homme, une seconde crevaison se produit. Papa reprend son cric, nous descendons toutes pour alléger la carrosserie selon une manœuvre qui est en passe de devenir une habitude, et il faut, cette fois, utiliser le second pneu de rechange que nous avions heureusement emporté avec nous.

En parvenant enfin à la Garenne, je suis encore un peu nauséeuse, mais la joie de revoir nos deux grands-mères qui vivent ensemble à La Chartre depuis quelques années, le plaisir de retrouver Lido, le chien de chasse de Papa, un beau braque marron et blanc, qui a mon âge et joue souvent avec nous, et, surtout, la perspective grisante d'aller courir à la Garenne m'enchantent à tel point que, d'un seul coup, je me sens d'aplomb.

— Françoise, Marie-Ange, allez déposer vos manteaux dans votre chambre et changer de chaussures ! nous lance Maman.

Obéissantes, nous grimpons aussitôt dans la

petite pièce que nous partageons sous le toit de la maison et d'où nous apercevons le Loir et la prairie communale qu'il étreint entre son grand et son petit bras. Au premier étage, sont situées, juste sous notre chambrette, les chambres de nos grands-mères et celle de nos parents, plus vaste et bénéficiant d'un balcon.

Nous abandonnons nos manteaux sur nos lits jumeaux et mettons des sandales.

Les trois mois qui s'étendent devant moi me paraissent éternels et sans fin les vacances tant espérées. En effet, Papa a résolu, un jour et une fois pour toutes, que nous ne faisions plus rien au lycée Duruy à partir du 1er juillet et qu'il était inutile de nous laisser perdre notre temps à Paris alors que nous attendaient à la Garenne air pur et liberté ! Je l'ai souvent entendu répéter : « A cet âge, les enfants sont faits pour courir à la campagne, comme des poulains lâchés dans un pré, plutôt que de rester enfermés entre les quatre murs d'un appartement parisien. »

Grâce à cette décision, ma sœur et moi avons toujours ignoré la distribution des prix et connu, en revanche, trois mois pleins de grandes vacances, puisque la rentrée est immuablement fixée au 1er octobre.

En ce jour où débute cette bienheureuse période de liberté, je monte vers mon cher jardin, situé au-dessus du logis qu'il surplombe comme d'une falaise. Que la maison soit bâtie au pied de l'escarpement abrupt que couronne la Garenne me semble aller de soi. Qu'on se voie obligé d'escalader quelque cinquante marches taillées dans l'à-pic pour profiter d'un parc de deux hectares ne me dérange en rien. Il est vrai qu'on peut s'y rendre aussi en empruntant la route de Tours, poussiéreuse et pleine de nids-de-poule. Elle borde la propriété tout au long d'une côte assez raide qui conduit au portail vert et gémissant donnant accès à une large allée de gravier qui descend jusqu'au potager. Il ne me viendrait pas à l'idée de trouver incommode la disposition des lieux que j'aime et où se nichent mes plus lointains souvenirs, mes plus lointaines joies...

Quel âge puis-je avoir au moment où s'imprime en moi la première image située à la Garenne ? Je ne sais. Pourtant je la revois parfaitement dès que je me mets à courir dans les allées du jardin. A cette époque-là, même debout, je suis plus petite que les hautes herbes de juin, que la folle avoine, que les nonchalantes graminées dont les têtes, alourdies par le poids de leurs graines, se balancent et ploient au moindre souffle. Assise, ou, plutôt, enfouie au cœur de la pente herbue qui sépare l'allée du milieu de l'allée du bas, je disparais, y compris le petit chapeau de paille que Maman exige que je porte, dans l'exubérance végétale du grand jardin odorant, immense à mes yeux. Vaste, mystérieux, il est mon domaine. Terre de toutes les explorations, de toutes les découvertes. Certains coins m'en demeurent alors mal connus, ce qui ajoute à mon plaisir.

Le foisonnement printanier est en train de faire place à l'été, mais je l'ignore à cet âge-là. Je vis encore hors du temps. Mes parents ont cependant parlé devant moi de la fenaison proche et j'ai compris que, sans tarder, on allait faucher les herbes luisantes et drues où je me cache avec une joie secrète pour me raconter des histoires qui n'en finissent pas. Tonton, le frère cadet de ma grand-mère maternelle, ne va pas tarder à venir ici en compagnie d'un journalier. Munis de grandes faux qu'ils auront longuement affûtées avant de les manier avec application et savoir-faire, ils vont tondre la somptueuse toison qui sent si bon. Jungle où je me fonds avec délices. Mais la senteur douce et tenace des foins coupés est également un bonheur quand je me laisse glisser sur les meules embaumées. Je m'en souviens vaguement...

A présent que je suis grande, je connais tous les coins et recoins de ma Garenne. J'ai élu certains endroits où je me tiens plus volontiers qu'ailleurs. Il y a le potager où les roses paysannes s'épanouissent aux angles des carrés de choux, de carottes ou de radis, où les groseilliers à maquereaux me fournissent l'occasion de les piller en désobéissant à ma grand-mère, où le vieux seringa touffu, couvert au printemps d'étoiles blanches, dégage un parfum si puissant, ennivrant.

J'aime aussi le petit pavillon charmant dont le rez-de-chaussée sert à ranger les outils de jardinage. La pièce exiguë du premier étage nous est réservée, à ma sœur et à moi, les jours de mauvais temps, pour lire, jouer ou fabriquer d'étranges mixtures à base de plantes potagères, de thym, de persil et d'eau tirée à la pompe du potager. Au-dessus, sous le toit aux quatre versants d'ardoise, se trouve un grenier où l'on monte par une échelle et où notre grand-oncle, que nous appelons Tonton, met à sécher les bottes d'ails et d'oignons en prévision de l'hiver.

Mais il est d'autres demeures dans le jardin de ma mère !

Au milieu de l'allée du bas, se dresse une maison verte, composée de charmes entrelacés et coupés au carré avec soin. Ce cabinet d'ombreuse verdure m'attire beaucoup par son mystère. Les trois bancs de bois qui y sont placés ont toujours l'air d'attendre un visiteur invisible et des plantes y poussent spontanément dont les feuilles vertes, marbrées de blanc, encadrent des fleurs en forme de cornets livides au cœur desquels se dresse un pistil jaune, dardé. Je n'y vais jamais sans considérer ces étranges végétaux avec un sentiment de curiosité un peu malsaine qui me fascine et me culpabilise en même temps.

Il y a enfin, tout en haut de la Garenne, un petit bois où trône un rond-point de tilleuls d'où l'on a une vue très étendue sur la vallée et les coteaux du Loir. Mes parents aiment à s'y tenir et à y recevoir des amis. Pour moi, je préfère m'enfoncer dans le bois aux allées tapissées de mousse. Sous les basses branches des buis, à l'odeur amère, des lauriers-tins et des aubépines, je me suis réservé une cache secrète. Meublée de deux tabourets empruntés au grenier de la maison, je m'y raconte mes histoires que Marie-Ange est parfois admise à écouter.

Tel est mon paradis. C'est aussi celui de mon père qui s'occupe avec soin de ses arbres fruitiers qu'il sait greffer et tailler au besoin. Je le vois souvent, juché sur une échelle, coiffé de son canotier de paille claire, la tête perdue dans le feuillage, surveillant la maturation des pommes, des prunes ou des poires.

En ce premier jour de juillet, je me réfugie, seule, dans la grande tonnelle de charmille pour y songer à la nouvelle que j'ai surprise dans la voiture. Ainsi donc, Jacques serait amoureux de Lulu...

Mon imagination travaille avec entrain. L'amour m'intéresse au plus haut point. J'en connais peu de chose, si ce n'est l'attirance tellement visible que mes parents éprouvent l'un pour l'autre. Mariés tous deux assez tard (Papa avait trente-sept ans, Maman trente-huit), ils se témoignent un amour violent, passionnel, qui m'impressionne. Nous les voyons souvent s'embrasser devant nous, toujours sur la bouche, et il leur arrive d'échanger devant toute la famille des regards si chargés d'ardente complicité que ma sœur et moi en sommes gênées...

Cette ambiance, lourde d'une sensualité à peine voilée, a beaucoup contribué à éveiller mon attention aux choses de l'amour. Et puis Jacques bénéficie d'un grand prestige auprès de moi. Il me semble le séduisant et parfait modèle du jeune homme moderne. Je ne suis sans doute pas seule à le trouver charmant, car Maman dit de lui qu'il est « un piège à filles » et en plaisante à mi-voix avec Papa, quand ils pensent tous deux que je ne les entends pas. J'ai retenu l'expression qui me fait rêver.

Étant à la fois le seul garçon de toute notre famille élargie et le fils unique de ma tendre marraine, mon grand cousin détient chez nous un statut tout à fait particulier. Aussi bien à La Chartre qu'à Paris, chacun sait que Maman considère Jacques comme elle le ferait d'un fils aîné.

Je le juge beau. Bien bâti, grand, avec des yeux noirs qui rient aisément, il a un nez mince (trop fin pour un garçon, a dit devant moi une commerçante chartraine à qui je ne le pardonne pas) et des cheveux bruns, soigneusement plaqués chaque matin à la gomina.

Jacques n'est pas à La Chartre pour le moment. Marraine et lui ne viennent nous rejoindre que du 15 août au 15 septembre, dates choisies par Marraine pour le congé annuel qui lui est accordé par le ministère de la Guerre. Elle y travaille dans un bureau depuis que son mari est mort des suites de la grippe espagnole au retour du front, juste avant l'armistice de 1918.

J'aimerais qu'ils soient déjà là tous les deux. Je voudrais voir la manière dont Jacques se comportera avec Lulu…

II

Le lendemain de notre arrivée, Papa repart pour Paris. Tonton le conduit à la gare dans la charrette anglaise attelée à Négrose, la fine jument bai-brun que Maman a achetée pendant la guerre de 14 pour remplacer les deux chevaux réquisitionnés par l'armée.

Papa ne peut rester avec nous davantage. Il est inspecteur de l'Enregistrement et son travail l'appelle à Paris. Il attendra septembre pour prendre ses vacances, à cause de la chasse ! Je le vois s'en aller avec mélancolie car demeurer sous la férule de Maman n'est guère rassurant. Je crains ses colères. Elle est soupe au lait, comme elle le dit elle-même, et se laisse emporter par des fureurs subites pour la moindre sottise. Elle prône comme règle éducative le fameux : « Qui aime bien châtie bien » dont elle assure que c'est une méthode qui a fait ses preuves !

Mais, en dépit de la sévérité maternelle, le temps s'écoule vite et dans la joie. Les fêtes de l'Assomption, annonciatrices de l'arrivée prochaine de Marraine et de Jacques, surviennent sans que j'aie vu passer les semaines. Jeux, pique-niques, promenades en barque sur le Loir et goûters organisés à la Garenne avec les enfants des amies de Maman, née à La Chartre et qui y a vécu jusqu'à son mariage, m'ont occupée. Sans parler des histoires, des contes, des petits romans lus et relus avec voracité. Je suis heureuse aussi d'avoir retrouvé nos deux grands-mères, attentives et patientes.

La mère de Papa, que nous appelons Mama, est une vieille dame délicate et sensible, toujours vêtue avec soin de longues robes noires ou gris foncé, parce qu'elle est veuve. Elle a de beaux cheveux blancs, bien coiffés et, détail qui me frappe, porte un ruban de velours noir autour du cou. Ses joues roses, ses yeux bleu-gris comme ceux de Papa révèlent la fille du Nord, où elle est née, ainsi que ses origines suisses. Elle a été fort jolie dans sa jeunesse et cela se voit. Munie du Brevet, ce qui n'était pas si courant pour une jeune fille de son temps, elle lit beaucoup et s'est abonnée, en dépit de ses faibles revenus, à un journal, *Le Petit Parisien*, qu'elle reçoit chaque matin. C'est elle qui m'a appris à lire, durant l'été de mes cinq ans, avant que je ne fasse mon entrée au lycée Victor-Duruy. Elle était sans doute lasse de m'entendre lui réclamer de sempiternelles lectures et avait jugé plus utile de m'enseigner à déchiffrer les lettres par moi-même. C'est grâce à elle que j'ai pu pénétrer dans l'univers magique du livre et de la lecture... ce plaisir sans cesse recommencé auquel je m'adonne si souvent !

La mère de Maman est complètement différente. Nous la nommons Mémé et ce nom lui va bien. C'est une femme simple et gaie qui a perdu son tyranneau de mari avant la guerre de 14 et vit depuis toujours à La Chartre, s'occupant de la Garenne, de Négrose, des deux chèvres, des poules et des lapins qu'elle y élève. Elle aime rire, raconte des histoires lestes et admet que sa fille, notre mère, la domine de sa forte personnalité et de son énergie violente. Mémé ne prête pas beaucoup d'attention à son apparence et s'habille sans recherche, et même avec rusticité ! Son frère cadet, Tonton, est brun, maigre et, chose curieuse, a un œil marron et l'autre bleu ! Il possède une petite maison, au bas de notre rue, qu'il entretient avec goût et minutie. Timide, paisible et doux, il a été marié jadis. Sa femme, ai-je entendu dire, l'a trompé pendant la guerre, alors qu'il était bourrelier-sellier aux armées, et elle est partie avec un de ses apprentis avant de mourir misérablement de la grippe espagnole. Tonton tient dans la famille une place discrète. Il parle peu, aime à rendre service. Si les doux doivent obtenir une place au paradis, nul doute qu'il y aura la sienne quand le temps en sera venu !

Mama, Mémé et Tonton forment, pour ma sœur et moi, un trio monolithique, hors d'âge, que nous aimons, mais dont les soins et les attentions nous semblent aller de soi.

Le matin du 15-Août, avant que Marraine et Jacques n'arrivent au train de midi, nous partons tous pour la messe. Tous, sauf Papa, revenu cependant passer en famille les trois jours accordés par le pont dû à la fête de la Sainte Vierge. Il est dit-il « libre penseur » et n'a pas remis les pieds dans une église depuis nos deux baptêmes, imposés par Maman. Comme toujours, Maman est en retard. Bien qu'ancienne élève d'un couvent du voisinage, ce qui aurait dû lui donner de meilleures habitudes, elle ne part jamais pour la messe en temps voulu. Elle aime s'attarder autour de la table du petit déjeuner, avant de monter précipitamment se préparer dans son cabinet de toilette, puis s'habiller à la hâte.

La messe est à dix heures. Nous quittons la maison vers dix heures cinq pour l'église distante de sept à huit cents mètres. Comme tout le monde ici connaît notre famille implantée à La Chartre depuis le début du siècle précédent, nous sommes arrêtés en route par des voisins, des personnes de connaissance ou des fermiers des environs venus « en ville » pour l'Assomption. Maman, qui nous entraîne d'un bon pas, lance à chacun un bonjour sonore suivi, en guise d'explication et d'excuse, de cette même formule : « Nous sommes pressés. Nous allons à la messe et sommes déjà en retard… mais le chemin en est ! » Parvenus à la maison de Dieu, nous nous y faufilons par une porte latérale et gagnons nos places, situées derrière un pilier qui nous dissimule l'autel mais nous met charitablement à l'abri des regards curieux ou accusateurs des assistants de l'allée centrale.

L'office terminé, nous sortons et nous arrêtons un bon moment devant le portail, en haut des marches, pour bavarder avec les amis et relations de Maman. On échange des nouvelles, on s'informe des santés, on parle du prêche, puis on se quitte par petits groupes avant de se retrouver chez le pâtissier proche, qui « fait bien » et a pour clientèle une bonne partie de ceux qui sortent de l'église.

Ce jour-là, nous remontons vers la maison sans trop traînailler car il convient de partir chercher les voyageurs tant attendus. Tonton attelle Négrose et nous grimpons avec enthousiasme, Marie-Ange et moi, dans la charrette anglaise. Maman prend place devant, seule, sur la banquette du conducteur. Elle s'empare des rênes et claque la langue. Ma sœur et moi sommes installées à l'arrière de la voiture, face à face, sur deux petits sièges capitonnés de drap grenat, comme tout l'intérieur, et qui semblent faits exprès pour nous. Dans le rideau de cuir souple qui ferme la capote au-dessus de l'étroite porte basse par où nous sommes entrées, une ouverture ovale, munie d'un mica jauni, nous permet de voir défiler la route à l'envers, ce qui nous amuse beaucoup. La forte odeur familière de la jument, mêlée à la senteur poussiéreuse du capiton, nous environne et nous rappelle bon nombre d'autres promenades...

Maman conduit bien. Elle aime maîtriser l'animal soumis à sa volonté et se sert peu du fouet accroché sur le devant de la charrette. Alors qu'elle n'a pu passer son permis de conduire automobile à cause de sa nervosité (Marcel a épousé une vraie pile électrique, aime-t-elle à dire non sans forfanterie) et de son manque de sang-froid, elle se plaît à mener un cheval obéissant. Elle trouve là un contact chaleureux dont la Ford est tristement dépourvue.

Nous parvenons à la gare, arrêtons Négrose devant la porte d'entrée et Maman l'attache à un anneau fixé dans le mur. Dans un nuage de fumée charbonneuse, le train arrive bientôt et nos voyageurs en descendent parmi quelques autres. Je distingue aussitôt Jacques qui s'est emparé des valises de sa mère et marche vers nous d'un pas décidé. Il nous sourit de loin. Qu'il est beau ! Ses épaules larges, ses cheveux bruns soigneusement plaqués et les pantalons de golf qu'il porte avec une veste en tweed, tenue fort à la mode chez les garçons de son âge, lui donnent une silhouette « copurchic ».

Cependant, pour le moment, mon attention est plutôt retenue par Marraine. Jusqu'à présent, elle teignait ses cheveux en noir. Elle a choisi de renoncer à cet artifice. Elle arbore avec malice une chevelure blanche, légère, rasée sur la nuque et dont les ondulations naturelles ont de soyeux reflets discrètement bleutés.

Étonnement de notre part, exclamations, questions.

— Non, non, dit Marraine en riant, je n'ai pas renoncé à ma coquetterie ! Au contraire. Je trouve, mes chéries, que cette nouvelle coiffure a un double avantage. Je préfère qu'on me dise : « Vous faites trop jeune pour avoir des cheveux blancs », plutôt que de craindre qu'on ne puisse penser : « cette crinière noire durcit ses traits et accuse son âge ! ».

— Au fond, tu as raison, concède Maman. Si les gens ne sont pas contents, hé bien, ils n'ont qu'à reculer les maisons !

Expression familière à nos oreilles et qui témoigne du peu d'importance que notre mère attache aux racontars.

Nous regagnons la charrette anglaise. Maman, Marraine et Jacques s'installent tous trois devant, en se serrant un peu. Marie-Ange et moi regagnons nos petits sièges particuliers.

Jacques parle de son métier. Après des études médiocres, il est entré à dix-sept ans dans une entreprise de transport qui lui permet, assure Maman, de mettre en œuvre ses qualités de travailleur acharné. Quand elle lui en parle, Papa répond que son filleul a sans doute tenu à gagner rapidement sa vie pour venir en aide à sa mère dont l'emploi est assez modeste mais qu'il a eu bien de la chance de trouver un travail malgré la crise.

— Sais-tu, Marraine, dit soudain Jacques d'un air crâne, que je songe à m'acheter une petite auto... d'occasion, bien entendu ? Je pourrais venir plus facilement à La Chartre et amener Maman avec moi.

— La route de Paris est dangereuse, objecte ma mère. Les gens conduisent à présent comme des fous !

— Peut-être, mais j'ai déjà obtenu mon permis, que j'ai eu du premier coup, soit dit en passant, et conduire est tellement amusant !

— C'est de son âge, remarque Marraine, indulgente et que je devine complice de ce projet. Et puis ce serait épatant de voir arriver un jour notre Jacques sur la route de Tours dans une voiture à lui !

— Surtout dans la poussière ! s'exclame Maman qui hausse les épaules d'un air dégoûté. Les chevaux en soulèvent déjà pas mal, mais avec les autos c'est bien pis ! Ce sont de vrais tourbillons. Ah ! il est beau le progrès !

— Vous êtes pourtant bien contents d'avoir votre Ford, remarque Marraine.

— S'il n'y avait eu que moi... Tu sais bien que c'est Marcel qui y a tenu.

Il est vrai que Papa lorsqu'il est à La Chartre passe beaucoup de temps dans le garage à entretenir et à astiquer sa voiture.

— Tu vois, dit Jacques d'un ton convaincu. Je ne suis pas le seul.

— Ton mari n'a-t-il pas plutôt le goût de la technique que de la voiture ? demande finement Marraine. Marcel voit dans son auto une nouvelle victoire de la science. Cette science qui le fascine parce qu'elle doit apporter le bonheur à l'humanité...

— Tu n'as pas tort, admet Maman qui, pour une fois, ne partage en rien les admirations scientifiques de notre père.

Je me souviens soudain de Papa, penché sur le premier poste à galène qu'il venait d'acheter, tâtonnant pour trouver un son audible, et soudain émerveillé en entendant sortir de l'appareil, parmi d'innombrables grésillements ou sifflements, une lointaine voix humaine...

Maman ne comprend pas cet engouement et conserve une solide méfiance à l'égard de toutes ces machines qui remplacent à la fois « l'huile de bras » dont elle ne cesse de prôner l'efficacité à ses bonnes, et l'inlassable patience, la courageuse ténacité, la force paisible des lignées d'ancêtres paysans dont elle est l'héritière. Chez elle, l'âme terrienne n'est jamais bien loin.

Pour le moment, elle fait part à Jacques et à Marraine des nouvelles de La Chartre.

— Quoi de neuf du côté des copains ? demande Jacques, faussement désinvolte.

Je dresse l'oreille.

— Rien de bien extraordinaire, répond Maman qui doit le faire exprès. Sauf que Bernard a failli se noyer en tombant dans le Loir juste après son déjeuner. Si Jean ne l'avait pas rattrapé...

Ce sont là deux amis de la petite bande dont

fait partie Jacques, mais la nouvelle ne paraît pas le bouleverser.

— Que veux-tu, remarque-t-il, Bernard est un de ces timides qui ont brusquement des coups d'audace. Pour démontrer qu'ils ont du cran, ils sont capables de toutes les imprudences !

Nous arrivons à la Garenne. Négrose s'arrête d'elle-même devant la porte.

— Tu vois, lance Maman, mon moteur à crottin, comme tu dis, connaît son écurie ! Tu peux toujours en attendre autant d'une auto !

Jacques rit et saute de la voiture sans rien répliquer. Il aide sa mère et la nôtre à descendre, puis vient nous ouvrir la petite porte arrière qui se manœuvre de l'extérieur.

Papa nous guette sans doute, car il ouvre aussitôt le portail pour accueillir les arrivants.

— Bonjour Dol ! Bonjour Jacques ! Avez-vous fait bon voyage ?

Toutes les grandes personnes appellent Marraine Dol, diminutif d'Adolphine, prénom auquel, dit-elle, elle n'est jamais parvenue à s'habituer.

Pour nous dégourdir les jambes, Marie-Ange et moi nous mettons à courir autour de la cour en compagnie de Lido qui bondit de joie. Après le déjeuner, des rires, des cris, des appels retentissants jaillissent dans la rue. Une bande de six ou sept jeunes gens, filles et garçons mêlés, pousse le portail dont la cloche tinte violemment.

— Salut, vieille branche, nous voilà ! lance un des garçons en s'adressant à Jacques après avoir salué les adultes. On vient te chercher. Que dirais-tu d'une balade en forêt ?

— Pourquoi pas ? mais je ne sais pas si mon vélo est d'attaque...

— Le journalier s'en est occupé. Il l'a nettoyé et a gonflé les pneus, dit Mémé qui aime beaucoup Jacques qu'elle a vu grandir et qui regrette de n'avoir que des filles comme petits-enfants.

— Tu es pharamineuse ! s'écrie Jacques dont c'est l'adjectif préféré et qui partage ce mot à la mode avec beaucoup de ses amis.

Ses yeux brillent. Il a l'air heureux. Dans le groupe bruyant et agité, j'ai tout de suite repéré Lulu.

Pas très grande, mince, nerveuse, plus piquante encore que jolie, Lulu a une quinzaine d'années, des taches de rousseur, un élégant petit nez droit et beaucoup de « chien », comme aime à le répéter Papa qui semble s'y connaître. Elle porte courts des cheveux acajou clair et les coiffe avec une raie sur le côté, que je lui ai toujours vue. Une mèche joueuse lui glisse de temps à autre sur l'œil, ce qui l'oblige à mettre une barrette pour la retenir. Ses yeux dorés, rieurs et même moqueurs, ont l'air de promettre on se sait quoi, tout en mettant le reste du monde au défi de l'y obliger. Les autres filles de la bande disent que c'est de la provocation, mais Papa parle de coquetterie ingénue.

J'aime beaucoup Lulu, car elle est toujours très gentille avec ma sœur et moi. Mais cette fois, elle ne nous a même pas remarquées.

— Bonjour Jacques, dit-elle en souriant à mon cousin. Il y a bien longtemps que nous ne nous sommes vus !

— Oui, une éternité, si ce n'est plus !

Le regard qu'ils échangent alors est à la fois amusé et tendre. Il me semble, sans que je sache pourquoi, qu'un secret les lie. Je reste rêveuse. Peut-être se sont-ils vus, peu de temps auparavant, en un autre endroit, ailleurs... mais maintenant, comment vont-ils faire pour cacher leur secret ?

III

La famille de Lulu, une des plus notables de La Chartre, est haute en couleurs. Son père, le colonel Pongalant, a, autrefois, provoqué un beau scandale en enlevant à l'aide d'une échelle de corde et avec son assentiment, puis en l'épousant peu après, la trop séduisante fille d'un hobereau des environs. De cette union volcanique sont nés cinq enfants dont l'aîné, Philippe, est le meilleur ami de Jacques. Lulu est la petite dernière. Elle se nomme en réalité Lucie, mais chacun l'appelle Lulu, ce qui, à mon avis, lui convient bien mieux. Elle est ma préférée parmi les jeunes filles faisant partie de la fameuse bande d'amis qui entoure mon cousin durant ses vacances. Je sais qu'il en revoit aussi certains à Paris.

Comme ses frères et sœurs, deux garçons et deux filles, Lulu a été élevée de façon contrastée, oscillant entre la sévérité d'un père officier de tradition et l'indulgence amusée d'une mère à l'esprit frondeur. J'entends souvent mes parents parler entre eux, à mi-voix, des Pongalant qu'ils fréquentent beaucoup, tant à Paris qu'à La Chartre. Mme Pongalant, a remarqué un jour Papa devant moi, avec un sourire entendu, porte fort bien son nom.

Deux ou trois jours après l'arrivée de Marraine et de Jacques, Marie-Ange et moi nous sommes réfugiées dans la cache secrète aménagée par nos soins sous les basses branches du petit bois, quand nous percevons soudain le bruit d'une poursuite et des éclats de rire. Trois voix s'interpellent non loin de nous, sans doute dans le rond-point de tilleuls, tout proche. Au fond de notre cachette, nous sommes invisibles. Je reconnais les timbres de Philippe, de Jacques et de Lulu.

— Vous êtes des brutes ! lance cette dernière. Vous m'avez volé ma barrette et cette maudite mèche me balaye la figure !

— Tu devrais en être ravie, cela te donne l'occasion de te rendre intéressante, réplique son frère d'un ton gouailleur.

— Mais je ne tiens pas du tout à me rendre intéressante !

— Oh ! que si ! Est-ce que toutes les filles ne cherchent pas, d'une façon ou de l'autre, à se faire remarquer ?

— Jacques, défendez-moi !

Le rire de Jacques retentit.

— Vous me paraissez parfaitement capable de vous défendre toute seule ! Et puis c'est moi qui vous ai volé votre barrette. A vous de la reprendre !

— Ah ! Je suis trop malheureuse ! s'écrie alors Lulu.

Sur cette plainte, le trio s'éloigne. On entend les craquements des brindilles sèches qui se brisent sous les pas des amis soudain silencieux.

Marie-Ange et moi n'avons toujours pas bougé. La protestation de Lulu me reste dans l'oreille. Je n'y comprends rien. Pourquoi Jacques fait-il semblant de vouloir l'agacer ? De toute évidence, elle n'était pas vraiment peinée. Je dirais même au contraire. J'ai l'impression qu'elle désirait plutôt se faire plaindre par lui, ayant trouvé une bonne occasion de l'appeler au secours. Pourquoi ces mensonges ? Sans réponse à ces questions, je me décide à reprendre avec ma sœur le jeu commencé. Nous avons apporté dans notre abri des bouteilles vides dénichées aux portes de la cave, dont une grande fiasque à trois pans de couleur verte qui me plaît beaucoup. Nous les remplissons d'eau tirée du bassin situé dans le potager et que nous avons transportée dans un petit arrosoir offert par Marraine. Maman nous défend de jouer avec l'eau du bassin, mais elle n'est pas là pour nous gronder ! Ce faisant, j'oublie le cri de Lulu...

Quelques jours plus tard, Papa étant déjà retourné à Paris, Jacques et Philippe partent un beau matin en vélo pour Tours. Un certain air de mystère flotte autour d'eux. Je le flaire sans pouvoir en deviner la cause. Tout s'explique en fin de journée. Vers sept heures du soir, Jacques et son complice reviennent, triomphants, au volant d'une petite torpédo Citroën du plus beau jaune. Notre émotion est sans bornes.

— Philippe avait un ami à Tours qui voulait se défaire de son auto, raconte alors mon cousin. Il me l'a laissée pour un prix exceptionnel. Et puis elle est jaune citron. Pour une Citroën, c'est la couleur rêvée !

Avec des sentiments visiblement partagés, nous faisons cercle autour de la torpédo arrêtée devant le portail.

— Nous avons pharamineusement bien roulé ! lance Philippe. Je préfère ne pas vous faire part de la moyenne de Jacques !

— Il est fou ! s'écrie Marraine avec une inquiétude rétrospective, non dénuée d'une certaine fierté maternelle.

Maman tourne autour de la voiture. Je l'observe avec inquiétude et, de ce fait, la considère plus attentivement. Restée assez forte après deux maternités rapprochées, elle porte ce jour-là une robe mi-longue, à taille basse, de toile rose brique imprimée de tortues marron, qui n'affine en rien sa silhouette. Elle assure avoir été mince autrefois mais ce devait être il y a longtemps. Je l'ai toujours vue comme elle est à présent. Contrairement à Marraine, elle n'est pas coquette et s'en vante. Coiffée en arrière, sans recherche, elle ne s'habille que pour de rares occasions, jugées importantes par elle ou par Papa. Grande, impérieuse, vive en dépit d'un embonpoint dont elle ne se soucie guère, elle compte davantage sur son caractère volontaire que sur son physique pour se faire respecter. Son tempérament sanguin trahit ses sentiments par des rougeurs brusques qui l'envahissent jusqu'au çou et font ressortir le bleu tranchant de ses prunelles.

Une fois de plus, je redoute qu'elle ne se laisse emporter par la colère, mais il n'en est rien.

— C'est vrai que ce garçon est fou, dit-elle simplement en reprenant les termes de Marraine.

Heureusement, elle semble plus amusée que furieuse. Si elle avait eu la chance d'avoir un fils, elle n'aurait sans doute pas détesté qu'il ait le goût du risque.

Elle contemple la torpédo et secoue la tête.

— Tu me rappelles mon père, dit-elle alors à Jacques. Il conduisait ses chevaux à bride abattue. Un jour, il est arrivé si rapidement sur la place de l'église où l'on s'apprêtait à enterrer un paroissien, qu'il n'a pas pu retenir à temps son cheval. L'attelage est passé sur le cercueil qu'on était en train de sortir du corbillard et que les porteurs avaient, dans leur affolement en voyant mon père foncer vers eux, abandonné sur le pavé ! Je te prie de croire que cette aventure a fait du bruit ! Le couvercle du cercueil avait cédé sous le poids de la voiture et les pieds du mort en dépassaient ! On en parle encore !

— Je ne suis passé sur aucun cercueil, je te

le promets, Marraine... mais il n'est pas impossible que j'aie écrasé en route une ou deux poules. Elles sont idiotes et se précipitent de toutes leurs ailes sous les roues de la voiture !

Tout le monde se met à rire. Marie-Ange et moi faisons le tour de la torpédo qui comporte deux places avant. A l'arrière, elle est munie d'un drôle de petit derrière pointu où peut tenir un seul passager et où Jacques a empilé les deux vélos dressés vers le ciel.

— Admirez mon spider ! lance-t-il gaiement, avec un large geste de propriétaire. En se serrant, on peut y tenir à deux !

— A condition d'être mince comme des anguilles ! remarque Maman qui n'aime pas les mots étrangers et, spécialement, ceux d'origine anglaise.

Nos deux grands-mères, sans Tonton qui est à la Garenne, sortent de la maison et contemplent à leur tour la petite voiture jaune. Avec amusement pour Mémé, réticence pour Mama. Celle-ci sourit cependant avec sa douceur habituelle, mais ses prunelles demeurent sans joie. Je lui prends la main pour la serrer. Peut-être se dit-elle que son fils a attendu quarante-cinq ans pour acheter une voiture, alors que Jacques, qui est encore si jeune...

— Avec ma torpédo-citron, je vais pouvoir emmener au moins trois passagers en balade ! dit mon cousin avec enthousiasme. Ce qu'on va s'amuser ! C'est vraiment chouette !

La pensée de Lulu me traverse aussitôt

l'esprit, mais je préfère ne rien dire et suivre Jacques et Philippe dans la cour où Lido leur fait fête. J'aime tendrement ce chien. Né pendant le voyage de noces de nos parents à Venise, il a été nommé ainsi par eux en souvenir de promenades dont l'évocation provoque entre Papa et Maman certains de ces regards complices qui me gênent tant...

Comme je sens qu'il y a de l'énervement dans l'air à cause de l'achat de la petite torpédo, je monte me réfugier au grenier dont l'odeur de papier jauni, de vieux vêtements, de poussière et de fermentation me semble rassurante. Sous la petite cage de bois garnie d'un fin treillis de fer où sèchent les rangées de fromages fabriqués par Mémé avec le lait de ses chèvres, je m'installe sur une vieille malle remplie de *Fémina* et de *Veillées des chaumières*, lectures de mes grands-mères, puis je me plonge dans mon « gros livre ». J'appelle ainsi un énorme recueil de journaux pour enfants, épais comme le vénérable dictionnaire Littré de Papa et rempli de mille histoires amusantes. Il a dû appartenir jadis à Jacques ; déchiré par endroits, il contient d'innombrables contes, nouvelles, jeux, énigmes, illustrations et des pages entières d'aventures illustrées sous forme de bandes dessinées que je lis avec délices. Je ne cesse, tant il est copieux, d'y découvrir des passages encore inconnus et j'ai l'impression de détenir en lui un trésor inépuisable.

Le lendemain matin, au petit déjeuner et tout

en dévorant de giganstesques tartines de pain grillé enduites de beurre salé, Jacques nous annonce que ses amis et lui ont décidé d'aller passer la journée dans la forêt de Jupille, proche de La Chartre, aux sources de l'Hermitière. Ils y pique-niqueront et y danseront.

— Les petites sont invitées, si ça les amuse, ajoute-t-il en se tournant vers Marie-Ange et moi. Je les installerai dans mon spider, avec le phono.

Une onde de joie m'envahit. Mais, en même temps, une crainte s'insinue dans mon bonheur. Maman va-t-elle accepter ? Elle réagit aussitôt.

— C'est beaucoup trop dangereux ! s'écrie-t-elle. Je ne veux pas que mes filles tombent de ta voiture !

— Mais il n'y a rien à craindre, Marraine ! Tu penses bien, que s'il y avait le moindre risque, je ne leur aurais jamais demandé de venir avec nous !

Marraine se penche vers moi et m'embrasse sur les cheveux.

— Regarde comme leurs yeux brillent, dit-elle en nous désignant, ma petite sœur et moi. Tu ne peux pas les décevoir pareillement, Berthe ! Si tu veux, je monterai avec elles dans ce fameux spider. J'en prendrai une sur chaque genou et je les entourerai toutes les deux de mes bras !

— Tu seras bien mal installée ! lance Maman qui ne capitule pas facilement.

— J'ai une idée, intervient soudain Mémé

qui revient de la cuisine avec du café chaud dans une haute cafetière de grès verni. Nous vous suivrons avec la jument et nous irons nous promener pendant que les jeunes danseront. Qu'en pensez-vous, Mama ?

— Il y a bien longtemps que nous ne sommes allés en forêt, reconnaît Mama. Je serais contente de retrouver l'Hermitière.

— Tu vois, Marraine ! s'écrie Jacques. Tout le monde est d'accord. Allons, laisse-toi faire pour une fois !

Penché vers elle, il lui sourit avec le désir évident de la convaincre, mais aussi une nuance de respect pour une force de caractère qu'il admire. Maman le sait et y est très sensible. Le charme opère.

— C'est vrai que c'est toujours un plaisir d'aller passer un moment en forêt, reconnaît-elle, et puis j'aime tant conduire Négrose ! Mais elle ira plus lentement que vous autres, en auto. Partez devant. Mais ne roule pas à tombeau ouvert. Sois prudent ! Nous vous rejoindrons plus tard, toutes les trois.

Je donne un coup de coude à Marie-Ange qui rit d'aise. Ouf ! Jacques a gagné ! Si ça n'avait pas été lui...

Ensuite, tout va très vite. Grimper dans le spider est une fierté, être coincée entre ma sœur et les genoux de Marraine, qui a pris seulement Marie-Ange sur elle, un triomphe ! A cause du vent de la course, nous assurons nos petits chapeaux de paille sur nos têtes. Nous sommes prêtes. Jacques a pris le phono à côté de lui.

— On passe d'abord chez les Pongalant, annonce-t-il. Les autres doivent déjà être partis devant en vélo.

Marraine ne pose pas de questions. Moi non plus.

En attendant d'hériter d'un oncle qui possède une belle demeure aux portes de La Chartre, les parents de Lulu habitent en été dans une sorte de chalet vieillot dont Papa dit qu'il doit dater du second Empire.

Nous y arrivons sans tarder. Lulu sort du jardin en courant. Elle porte une robe à rayures blanches et vertes à jupe plissée et un petit chapeau cloche en paille blonde qui encadre agréablement sa jolie tête rieuse. Elle monte à côté de Jacques mais le phono l'oblige à remonter ses jambes comme un jockey.

La route n'est guère longue jusqu'à la forêt. Je le regrette presque, tant le trajet en spider me grise.

Il fait beau et chaud. Nous avalons naturellement un peu de poussière, mais qu'importe ? Les sources de l'Hermitière bouillonnent à l'abri d'une paillote construite pour protéger l'eau pure et très froide. Elle s'écoule ensuite vers un étang qui scintille au milieu d'une clairière voisine. Issu de leur jaillissement, un ruisselet serpente parmi les hauts troncs de la futaie de chênes, gloire de la forêt, entre les berges sableuses et friables.

Jacques nous extrait, Marie-Ange et moi, à bout de bras, de la banquette du spider et aide Marraine à en descendre. Lestement, Lulu saute à terre.

— Ne jouez pas au bord de l'eau, recommande Jacques.

— N'aie crainte, dit Marraine. Je vais m'occuper d'elles en attendant que Berthe nous rejoigne.

Je saisis la main de Marraine afin de lui signifier mon obéissance. Jacques prend le phono et le pose sur une des tables de bois rugueux disposées pour les pique-niques. Lulu s'approche de l'appareil fermé. Une mallette de faux cuir le protège des chocs possibles.

— Je le trouve magnifique..., murmure-t-elle comme s'il s'agissait d'une confidence.

Bientôt éclate un brouhaha joyeux, et les cyclistes attendus débouchent en trombe d'un chemin dissimulé.

— Nous avons fait un crochet par le chêne Bop ! crie Philippe. C'est vraiment le roi de la forêt !

Aux enfants Pongalant, se sont joints cinq amis chartrains que nous connaissons depuis toujours. Comme dit Maman, ils font partie du fond de sauce de la petite troupe. Trois d'entre eux appartiennent à une famille tourangelle dont les descendants sont si nombreux qu'il m'arrive parfois de les confondre. Je reconnais cependant la maigre Élise, sa sœur Madeleine, bien plus jolie, et un de leurs cousins, Bernard, blond et timide, qui rougit sans cesse. Par ailleurs, je vais embrasser Solange et Jean, fils et fille d'un notaire parisien que nos parents fréquentent volontiers. Solange, un peu snob, toujours élégante, a, dit-on, le type espagnol et Jean montre, quand il sourit, des gencives si visibles que je ne vois qu'elles !

— C'est chic d'avoir pensé à prendre le phono, remarque-t-il.

— Nous danserons après déjeuner, tranche Philippe qui aime bien décider. Pour le moment, déballons les provisions. J'ai la dent !

— Berthe transporte dans sa charrette anglaise une salade russe et un rôti de porc froid, précise Marraine.

— Hourra ! crie Philippe.

— Nous, nous avons apporté des gâteaux et des fruits, lance Élise en tirant des sacoches de sa bicyclette deux volumineux paquets.

— J'ai glissé plusieurs bouteilles de Jasnières dans mon panier, annonce Jean avec son sourire disgracieux. Je vais les mettre à tremper dans l'eau de la source. Elles seront frappées !

Il se remet à rire et je détourne les yeux.

Quand Maman et nos grands-mères nous rejoignent, une nappe de toile a été jetée sur une des tables rustiques, des assiettes et des gobelets en aluminium y ont été posés, ainsi que des couverts en fer.

Les garçons se précipitent pour aider nos grands-mères à descendre de voiture. La jument hume avec appétit le picotin d'avoine contenu dans un sac que Maman, avant de l'attacher, a déposé devant elle. Puis tout le monde, comme Négrose, s'installe pour déjeuner. Je remarque que Lulu s'est assise entre Madeleine et son cousin rougissant. Après le repas, entrecoupé de rires et d'histoires drôles que je ne comprends pas toujours, les jeunes gens commencent à danser. Le petit vin blanc des Jasnières, dont chacun vante au pays le goût sec et pétillant de pierre à fusil, les a mis en joie.

Maman, Mémé et Mama, qui n'aiment guère les danses modernes, estiment que le moment est venu d'aller se promener sous les arbres, loin du charivari. Nos deux grands-mères sont, l'une et l'autre, coiffées de chapeaux cloches de paille noire. Des vestes longues et des jupes qui leur descendent jusqu'aux chevilles, des bas de coton noir et des chaussures à brides accusent leur aspect vénérable d'aïeules condamnées à un deuil éternel. Maman porte une robe de crépon à fleurs sans taille et des bas clairs, presque blancs. En les regardant s'éloigner toutes trois, je remarque que le corset à baleines, dont Maman ne se libère jamais, est visible sous le tissu clair et que le busc situé devant fait saillie à hauteur d'estomac. Je devrais peut-être lui dire qu'on le voit trop, mais elle risquerait de se fâcher. Je préfère me taire.

Marie-Ange et moi, sagement assises sur un des bancs du pique-nique, restons sous la garde de Marraine, installée à côté du phono. Elle en change les disques, qui ne durent que trois minutes chacun, et non sans bonne humeur tourne à intervalles réguliers la manivelle pour relancer l'appareil vite essoufflé. Les voix grasseyantes de Maurice Chevalier, Mistinguett, Lucienne Boyer et Joséphine Baker succèdent aux accents nostalgiques du jazz de Duke Ellington dont les trompettes et les batteries éveillent les échos de la forêt. Certaines chansons me donnent à rêver : *Parlez-moi d'amour...*, *Si on ne s'était pas connu...*, *Ce n'est que votre main, Madame...*, *J'ai deux amours...*

Jacques et Lulu dansent ensemble depuis un bon moment. Sans doute parce qu'il est beaucoup plus grand qu'elle, mon cousin est sans cesse penché vers sa cavalière. Je les observe et note leurs regards brillants, leurs joues rougies par la chaleur... à moins que ce ne soit par l'excitation...

Sur des airs de tango, de one-step, de paso-doble, de fox-trot ou du fameux charleston, tellement à la mode et que Lulu exécute de façon endiablée, garçons et filles se trémoussent joyeusement. Ils s'interrompent par instants pour aller boire le cidre gardé au frais dans l'eau de la source.

Profitant de ces intermèdes, certains couples s'attardent un peu sous la paillote discrète. Il me semble soudain voir Jacques et Lulu s'embrasser dans la pénombre, mais ils nous rejoignent sans tarder. J'ai dû me tromper.

L'après-midi passe trop vite. Maman et nos deux grands-mères reviennent de leur promenade. Elles disent avoir vu de nombreux serpents d'eau le long du ruisseau. En les entendant, je frissonne de crainte. Il y a parfois des vipères qui traversent la Garenne pour aller s'abreuver au Loir. Tonton en a déjà tué quelques-unes devant moi, dont une au ventre plein de petits vipéreaux, qu'il a écrasés à coups de talon. J'en ai été très impressionnée et il m'arrive d'en rêver la nuit.

La journée tire à sa fin. Sans doute las de s'agiter, les jeunes ne dansent plus mais bavardent entre eux. Des éclats de rire fusent brusquement à quelques plaisanteries que je ne comprendrais probablement pas mieux que celles entendues pendant le déjeuner. Marraine a cessé de remonter le phono et la forêt retrouve, avec le soir qui vient, son mystère et sa paix.

— Nous repartons en voiture anglaise avec les petites, décide Maman peu de temps après.

Je n'ose pas avouer que je préférerais revenir en torpédo avec Jacques, Lulu et Marraine.

— Chic alors ! lance une voix. Nous pourrons monter dans le spider à leur place !

— Et vos bicyclettes ? demande Marraine.

— Zut ! Je n'y avais pas pensé !

Je reconnais la voix de Madeleine, la jolie sœur d'Élise.

Quel toupet elle a ! Prendre nos places ! A moins qu'elle aussi ne soit amoureuse de Jacques. Mon cousin peut faire tourner bien des têtes.

IV

Le lendemain, Jacques et ses complices décident d'aller se baigner dans le Loir. Nous disposons, au bord de la rivière, d'un lavoir où sont faites deux ou trois fois par an d'énormes lessives, mais que nous utilisons aussi pour les baignades. C'est là qu'ils se rendent. Marie-Ange et moi sommes de la fête.

L'année précédente, Papa a essayé, hélas sans aucun succès, de nous apprendre à nager. Ni Marie-Ange ni moi ne semblons avoir beaucoup de disposition ni de goût pour l'eau froide en dépit des exhortations et de l'exemple paternels. En réalité, si notre père est bon nageur, sa méthode pour enseigner la brasse est assez peu engageante. Il coupe des joncs par paquets, les tresse avec soin et en fabrique des sortes de bouées qui flottent sur l'eau et nous donnent confiance... Tout au moins pour commencer. Sous l'effet de nos mouvements désordonnés et maladroits, mais aussi à cause de la force du courant, les tresses de joncs se désintègrent peu à peu, finissent par se dénouer et nous abandonnent au plus fort de nos tentatives incertaines, non sans provoquer cris, affolement et appels au secours. Nous en conservons toutes deux un bien mauvais souvenir et n'éprouvons aucune envie de tenter à nouveau l'expérience.

Heureusement Jacques et ses amis ne se soucient nullement de nous apprendre à nager. Ils trouvent plus simple de nous transporter dans leurs bras ou sur leur dos jusqu'à la « prée » située en face du lavoir. Cet exercice nous amuse car il nous semble aventureux et que la prairie communale, logée au creux d'une boucle du Loir, nous paraît immense. On y donne chaque année des courses d'obstacles et de trot qui sont un des temps forts de nos vacances.

Pour le moment, il n'est pas question de chevaux, mais de jeux. Bientôt, Jacques et ses amis ne prêtent plus aucune attention à nous. Ils courent, se pourchassent, jouent à saute-mouton ou à la main chaude, inventent toutes sortes de compétitions qui leur permettent des corps à corps et des poursuites excitantes. On se roule dans l'herbe, on lutte, on reçoit des gages, on est secoué de fous rires, on folâtre sans vergogne.

Marie-Ange et moi, assises sur une botte de foin abandonnée par quelque faneur distrait, nous tressons des couronnes de petites fleurs sans nom et de feuilles de menthe sauvage dont la senteur fraîche mais tenace imprégnera nos doigts jusqu'au soir.

Du coin de l'œil, nous observons tout de même ce qui se passe du côté des « grands ».
Lulu et Jacques batifolent comme les autres, mais j'ai l'impression qu'ils y apportent une ardeur, une complicité qui me rappellent mes parents... Quand chacun est las de jouer, Philippe décide d'aller chercher la barque achetée par Papa peu de temps auparavant pour canoter. Elle est attachée à un pieu, dans une excavation du terrain pentu qui descend de la route jusqu'au Loir. C'est en nous entassant à son bord que nous gagnons le lavoir. Devant la large planche inclinée, blanchie par les savonnages successifs des grandes lessives de printemps et d'automne, des araignées d'eau glissent comme des automates sur l'eau glauque et mouvante de la rivière. Je regarde toujours avec fascination ces étranges insectes aux évolutions saccadées, rapides. Leurs déplacements en zigzag m'amusent et m'attirent par ce qu'ils comportent de mécanique.

Pour moi, le lavoir est un lieu un peu magique. A cause de son toit moussu où poussent des herbes folles, des reflets moirés que le Loir et le soleil y allument en tâches dansantes et aussi du fait qu'il bouge sous les pieds comme un bateau. Il est en effet fixé par des chaînes de fer rouillées et bruyantes à deux treuils qui, actionnés par de grandes manivelles, permettent de l'élever ou de l'abaisser selon les besoins. Sous son plancher disjoint on distingue le courant assombri et prompt qui clapote avec un bruit de molle succion. Des odeurs de cendres refroidies et de savon s'attardent autour de la vaste lessiveuse de fonte dans laquelle on fait bouillir le linge, mais la fade haleine de la rivière règne par-dessus tout.

Pour « remonter du lavoir », comme on dit dans la famille, il faut escalader les hautes marches de pierre, un peu trop raides pour mes jambes d'enfant, qui rejoignent la route qu'on doit traverser pour atteindre la maison. Lulu et Jacques montent devant moi. Il la soutient en riant, ses mains se posent sur la taille mince, ceinturée de blanc, les hanches rondes, les douces épaules piquetées de taches de rousseur, rougies par le soleil et découvertes par un maillot de bain à rayures marine et blanc, au décolleté sage. Les regards qu'ils échangent me semblent l'être, en revanche, beaucoup moins...

Le lendemain, nouvelle trouvaille, Jacques et ses amis décident de se rendre dans l'après-midi à une partie de cave pour déguster et comparer certains crus des Jasnières. Mais Maman, cette fois, n'accepte pas que nous les y suivions.

— Il fait trop froid dans ces caves creusées en plein tuffeau, dit-elle, inflexible. Je ne tiens pas à ce que mes filles aillent prendre du mal durant l'été !

Jacques a beau insister, rien n'y fait. Raymonde, la jeune bonne de la maison, murmure une réflexion que je ne comprends pas. Je vais trouver Marraine qui est allée se remettre du rouge à lèvres dans sa chambre et je lui demande pourquoi nous n'avons pas le droit, Marie-Ange et moi, de nous rendre dans ces caves, alors que nous allons dans celles de Mémé.

— Parce que le vin vous monterait à la tête et qu'il arrive que certaines personnes se trouvent malades après de telles expéditions, m'explique-t-elle affectueusement. Tu n'as pas envie de t'écrouler par terre comme une petite pie saoule ?

Je me mets à rire et, pour me consoler, m'empare d'un des nombreux pots de crème parfumée posés sur la coiffeuse de Marraine. J'ouvre le couvercle et respire avec délice, les yeux clos, l'exquise senteur. Pourquoi Maman n'est-elle pas aussi coquette ? Marraine embaume toujours. Chaque matin, quand elle descend de sa chambre, elle sent si bon que c'en est un bonheur...

— Allons, va jouer maintenant, ma chérie. Je vais m'allonger sur mon lit pour me reposer un peu.

Elle me sourit, m'embrasse et me pousse gentiment dehors.

Que faire ? Comme je passe devant l'écurie, toujours ombreuse et fraîche, je m'arrête pour regarder Négrose que Tonton a rentrée pour la mettre à l'abri de la forte chaleur d'août. Il émane de l'écurie une puissante odeur de crottin et de sueur chevaline. Ce fumet animal ne me déplaît pas. Il est lié aux caresses permises sur le nez si doux de la jument (à condition qu'elle soit tenue par un adulte), aux promenades en charrette anglaise et aux rares fois où Jacques, qui sait monter, a accepté de nous hisser, Marie-Ange ou moi, parfois toutes deux ensemble, sur le devant de sa selle.

Avec Négrose, je me suis toujours amusée. Pourtant j'ai fait à son sujet une découverte dont je me garde bien de parler, parce que j'éprouve le sentiment secret que l'évoquer devant mes parents ne serait pas bien accepté et le serait même, sans doute, fort mal... Il m'est parfois arrivé de surprendre la jument quand elle urinait. Entre les fesses nerveuses et musclées, j'avais alors vu apparaître la chair rose vif du sexe qui s'ouvre et se referme tour à tour. Étrange, troublante révélation que cette fleur fraîche et intime, d'ordinaire dissimulée par les longs crins durs de la queue, que j'ai aperçue ainsi, sans que personne ne le sache. J'en conserve une impression de trouble, d'intérêt, mais aussi une vague sensation de faute inavouable.

Aujourd'hui, rien de pareil ne se produit. Négrose boit avec avidité l'eau de son baquet. Quand elle a fini, elle souffle avec bruit et encense vigoureusement de la tête.

Je m'éloigne et entre dans la maison, c'est-à-dire dans la véranda que mes parents ont fait, selon la mode du moment, bâtir en avancée dans la cour cimentée. Quand ils se sont mariés, Papa a jugé que la salle à manger manquait de lumière. Aussi a-t-il convaincu Maman d'agrandir et d'éclairer d'un coup la pièce par cette lumineuse construction de verre à armature de fer. A droite de la salle à manger, se trouve le salon dont une fenêtre donne sur la rue, l'autre sur la cour fleurie que des pots de géraniums, de reines-marguerites et de bégonias égayent de leurs couleurs. Deux beaux lauriers-roses en bacs de bois décorent également la cour près de la fenêtre du salon et contre la porte d'une petite lingerie que précède un jardinet minuscule aménagé autour d'une treille aux feuilles bleuies de sulfate.

Je découvre Marie-Ange en train de pleurer à petits coups au pied de l'escalier étroit qui conduit aux chambres du premier étage. Je lui demande ce qu'elle a. Elle me confie s'être fait gronder avec sévérité par Maman parce qu'elle avait fouillé dans l'armoire de la chambre maternelle. Ma petite sœur possède des mains aux longs doigts agiles qui se faufilent partout avec adresse. Elle s'en sert parfois pour chercher ce qui pourrait lui convenir dans le désordre des tiroirs où notre mère empile ses affaires.

Je la console car je prends très au sérieux mon rôle d'aînée. Ne me répète-t-on pas sans cesse : « Tu es la plus grande, donc tu dois être la plus raisonnable » ? Imprégnée par cette consigne, je m'efforce de m'y conformer et y parviens souvent.

Assises côte à côte sur les marches de l'escalier, nous chuchotons un moment toutes les deux, puis nous décidons de laisser là maison et grandes personnes pour monter à la Garenne jouer ensemble afin d'oublier ce décevant après-midi.

Dans la nuit un gros orage éclate, et les éclairs viennent zébrer les murs de notre chambre à travers les rideaux de la fenêtre. Mémé assure que la pluie après le quinze août détraque tout. Le lendemain, en regardant le déluge tomber avec obstination, chacun pense qu'elle a raison.

Aux amis de la bande désœuvrée, réunis à la maison, qui sont en quête de distractions et cherchent des idées inédites, Marraine propose alors de jouer aux petits papiers, comme on le faisait, dit-elle, dans son jeune temps. Autour d'elle sont rassemblés Jacques et sa cour habituelle, plus un nouveau venu rencontré durant la partie de cave dont nous avons été écartées ma sœur et moi. Je le trouve assez joli garçon bien qu'un peu « vieux ». Il a certainement plus de vingt ans, mais ses yeux verts et ses cheveux blonds me plaisent assez. Il s'appelle Gérard de Bailly et sa famille, qui possède une grande propriété aux environs de Château-du-Loir, est bien connue dans la région. Il est, lui aussi, en vacances et semble souhaiter s'intégrer au groupe de Jacques. Je remarque le chandail à losanges verts et bleus qu'il porte avec chic et qui est assorti à sa cravate ainsi qu'à ses chaussettes de même dessin.

Les jeunes refusent que je joue avec eux sous

prétexte que je suis trop petite, je vais donc me cacher dans le bureau de Papa, où flotte l'odeur de papier et d'encre dégagée par les livres de la bibliothèque paternelle. J'aime cette pièce exiguë où notre père se plaît beaucoup, où il lit, tient à jour un carnet de comptes rempli de sa belle écriture régulière et où il fait aussi son courrier. Je m'y réfugie souvent en son absence pour évoquer, comme à présent, la douceur de son prochain retour. Des cris, des rires, des protestations, qui traversent le couloir séparant le salon du bureau, viennent troubler l'amer plaisir que je prends à m'apitoyer sur moi-même, et me prouve qu'on s'amuse bien par-delà les portes vitrées. La curiosité me poussant, je renonce à ma solitude et retourne vers les grands.

Il doit y avoir dans ces petits papiers, soigneusement roulés et passés des uns aux autres après qu'on y a rajouté une phrase de son choix, des choses fort drôles, car je retrouve le groupe tout excité. Les yeux des filles et des garçons brillent pareillement. La lecture de chaque feuillet déchaîne fous rires et exclamations. Lulu en est toute rose et Jacques a, lui aussi, le feu aux joues. Mais je m'aperçois qu'ils ne sont pas assis l'un près de l'autre. Gérard de Bailly et Solange sont installés entre eux. Solange lève vers Jacques un regard troublé, tandis que Gérard glisse à l'oreille de Lulu des remarques qui la font glousser de joie. Deux fois de suite, je vois alors Jacques jeter un coup d'œil agacé vers Lulu.

Sans rien dire, je vais chercher Marie-Ange dans la salle à manger. Chassée comme moi du salon par les jeunes gens de la bande, elle s'est installée sur un tabouret devant la table recouverte d'un tissu d'indienne aux teintes passées pour y dépiauter à son aise des petites graines qu'elle a amassées dans une boîte de pastilles. C'est un jeu qui l'occupe souvent et nos parents s'émerveillent toujours de sa patience ainsi que de son adresse à décortiquer ainsi, par plaisir, de ses doigts minces et habiles, fèves, baies, capsules ou cosses.

— Viens.

Je la prends par la main et l'entraîne dans le salon.

— Je vais m'asseoir aux pieds de Lulu et toi à ceux de Jacques, dis-je, toute affairée.

— Pourquoi ? demande Marie-Ange qui préférait s'amuser avec ses graines.

Sans répondre, je mets un doigt devant mes lèvres et vais prendre place sur le tapis, le plus près possible de Lulu. Résignée, ma petite sœur en fait de même auprès de Jacques. Mais notre intervention incomprise agace ceux-là mêmes que j'ai à cœur de protéger. Nous les gênons.

— Quels poisons, ces deux-là ! glisse Lulu à son voisin. Elles vont toujours se fourrer où il ne faut pas !

Je reçois cette remarque comme un coup de poignard et en demeure confondue. Moi qui croyais que Lulu me préférait ! Les larmes m'en viennent aux yeux.

Juste à ce moment, Maman, de retour de la Garenne, entre dans le salon. Elle a l'oreille fine et surprend la critique dont on vient de nous accabler.

— Qu'est-ce que j'entends ! s'écrie-t-elle aussitôt. Françoise et Marie-Ange, voulez-vous bien laisser Lulu et les autres en paix ! De quoi vous mêlez-vous ? Votre place n'est pas ici. Vous devriez jouer dehors. Allez ! Ouste ! Sortez et que je n'aie pas à le répéter !

Elle nous attrape chacune par un bras, nous traîne dans la salle à manger et nous inflige à toutes deux une bonne claque tout en continuant à crier que nous sommes des enfants insupportables et que nous devons cesser d'importuner les grands. Marie-Ange et moi sanglotons à qui mieux mieux. Trahie par Lulu, malmenée par Maman, je me sens abandonnée du monde entier et un gouffre de désespoir s'ouvre devant moi.

Sa colère passée, Maman nous quitte pour retourner dans le salon. C'est alors que Jacques, qui a suivi à travers la porte vitrée ce qui nous arrivait, laisse les autres et nous rejoint. S'accroupissant auprès de nous qui continuons à pleurer avec des hoquets de douleur, il passe un bras autour de nos épaules et nous attire ensemble contre lui.

— Allons, allons, ne pleurez plus ! Il n'y a pas de quoi avoir un pareil chagrin. Tout ça n'est pas bien grave. Vous savez que votre mère a mauvaise tête et bon cœur. Elle vous aime beaucoup en dépit de sa colère.

— On ne le dirait pas, dis-je dans un sanglot.

— Ne sois pas rancunière, ma Francette. Quand ta Maman m'élevait, elle me donnait aussi de solides corrections. Je ne m'en porte pas plus mal. Une bonne fessée de temps en temps éclaircit les idées. Vous devez avoir à présent vos petites têtes tout à fait claires !

— Ce n'est pas drôle ! Nous n'avons rien fait de mal.

Il sourit et essuie du bout des doigts, avec douceur, les larmes qui coulent encore sur nos joues.

— Je ne veux plus vous voir avec des mines pareilles, reprend-il en se redressant. Vous êtes si mignonnes quand vous riez ! Allez donc jouer avec Lido plutôt que de continuer à vous morfondre sans bonne raison. Venez, nous allons le chercher ensemble à la Garenne.

— Mais pourquoi Lulu a-t-elle été si méchante avec nous ?

— Ne lui en veux pas, ce n'est pas après toi qu'elle en avait. Elle était simplement énervée. Va donc l'embrasser pour faire la paix. Allez-y toutes les deux.

Nous retournons dans le salon. Je marche la première. Sans regarder Maman, je vais droit vers Lulu qui me prend dans ses bras Elle m'embrasse et me dit :

— Pardonnez-moi toutes deux. Je ne voulais pas vous faire de peine, vous savez.

Nous nous sauvons en courant et grimpons à la Garenne.

Les jours suivants, je remarque que Gérard de Bailly fait la cour à Lulu de façon désormais si ostensible que Jacques ne peut plus l'ignorer. Mon cousin se montre plus nerveux, plus tendu, et se chamaille parfois avec elle à propos de tout et de rien.

Marraine, elle aussi, a observé ce qui se passe. Un jour, à la Garenne, je surprends une conversation entre elle et Maman.

Cette fois-là je suis montée seule jouer dans la pièce qui nous est réservée, au premier étagc du petit pavillon dont le rez-de-chaussée sert à ranger les outils de jardinage. De mon observatoire, je surplombe la vaste entrée de mon domaine, ainsi que les trois brefs escaliers qui conduisent au potager. Marie-Ange est restée en bas, dans la cour, à s'occuper d'un petit chat roux découvert au lavoir où il avait été abandonné. L'ayant sauvé d'une noyade probable, elle s'est instituée sa mère adoptive et lui prodigue de tendres soins. De mon côté, je me livre aux mélanges de plantes aromatiques dont j'aime les senteurs végétales puissantes. Je les mets à tremper dans de l'eau pour fabriquer une sorte de soupe froide à laquelle je veux attribuer des vertus magiques.

La fenêtre donnant sur le gravier est largement ouverte. Arrivant de la maison par les marches qui permettent de rejoindre la Garenne sans passer par la route, Marraine et Maman, au bras l'une de l'autre, paraissent en grande conversation. Afin de ne pas être vues de la route de Tours qui longe la grille d'entrée, elles choisissent de venir s'asseoir sur un des bancs proches de la fenêtre à l'abri de laquelle je me tiens sans qu'elles soupçonnent ma présence.

— Cette histoire me donne bien du souci, avoue Marraine. J'ai l'habitude de voir Jacques flirter avec pas mal de jeunes filles qui passent à sa portée, mais, cette fois-ci, il est vraiment très amoureux de Lulu. C'est criant. Mais elle n'est pas pour lui. Jamais les Pongalant n'accepteront un mariage entre leur fille et un garçon modeste comme le mien, sans fortune et sans aïeux !

— Hélas, dit Maman, il est évident que tu as raison. C'est triste, mais Mme Pongalant est trop fière de sa famille et de sa noblesse pour jamais accepter un gendre comme Jacques.

— Et voilà maintenant que pour tout compliquer encore il y a ce Gérard qui s'est épris de Lulu !

— Il la mange des yeux, affirme Maman, et ton fils est fou de jalousie ! Ce n'est pas difficile à voir !

— Je ne sais plus à quel saint me vouer, soupire Marraine. Parler à Jacques ne servirait à rien. Amoureux et jaloux, il est doublement sourd à tout ce que je pourrais lui dire.

— Veux-tu que j'aille trouver les Pongalant ? propose Maman qui aime agir.

— Que pourrais-tu leur dire ? De deux choses l'une : ou bien ils se doutent des sentiments de Lulu et de Jacques, pour les condamner, ou ils n'ont encore rien remarqué de suspect et il est alors préférable de ne pas les alerter.

— Au fond, Gérard de Bailly leur conviendrait sûrement mieux comme gendre.

— Peut-être, mais Lulu est bien jeune pour se marier. Ses parents ne doivent pas encore songer à l'établir. Ils ont le temps. Non, vois-tu, ce qui m'empêche de dormir, c'est que Jacques est bel et bien pris, qu'il est malheureux et que je ne peux rien faire pour l'aider.

Immobile devant le brouet que je suis en train de confectionner, je ne bouge pas d'un pouce et j'écoute avec avidité une conversation qui ne m'est nullement destinée. Mon admiration pour mon cousin est telle que jamais je n'aurais imaginé qu'il y ait des gens pour estimer qu'il n'est pas digne de leur fille. Cette idée me révolte et j'en suis bouleversée. Pour qui se prennent-ils, ces Pongalant ? Existe-t-il au monde un garçon plus merveilleux que Jacques ?

V

Nous parvenons aux derniers jours d'août. Le 31, en fin de journée, nous allons chercher Papa à la gare avec Maman, illuminée de bonheur. Il y a du vent, des nuages et la pluie menace, mais notre mère n'en a cure : son époux revient cette fois-ci pour un mois de vacances et il restera tout ce temps-là avec elle. Le reste ne compte pas.

Marie-Ange et moi aussi sommes toutes vibrantes de joie. J'en oublie Jacques et Lulu, pour ne plus penser qu'à la venue de Papa et à ce bienheureux mois de septembre que j'aimerais voir durer longtemps. Négrose trotte allégrement. La vie est belle !

Sur le quai, il y a pas mal de monde. Les uns s'en vont, d'autres arrivent. La fin du mois d'août est marquée par tous ces échanges. Parmi les voyageurs qui descendent, nous cherchons Papa du regard. Le voilà enfin ! Marie-Ange et moi nous élançons comme deux folles, au milieu des bagages posés sur le quai et de leurs propriétaires. C'est à la première qui l'embrassera. Le fait d'être l'aînée me donne l'avantage : je cours plus vite que ma petite sœur et me jette au cou de mon père bien-aimé.

Grand, maigre mais fortement charpenté, il a un visage d'ascète, lui qui ne croit pas en Dieu, un menton délicat, un front d'intellectuel aux proportions harmonieuses et de grands yeux gris-bleu-vert dont tout le monde remarque que les miens sont la réplique. Il porte une courte moustache mordorée et des lunettes cerclées de fines montures. Maman ne manque jamais de souligner combien il est distingué.

Quand j'étais plus petite et en dépit de ses épais cheveux frisés châtain foncé, je l'appelais avec ferveur « mon petit Papa blond » comme si je voyais là une louange insigne, réservée à lui seul. Maintenant, je ne l'appelle plus ainsi mais je continue à vouer à mon père, au fond de mon cœur, un sentiment de vénération. J'aime bien Maman, tout en redoutant ses emportements et sa sévérité, mais l'affection que je lui porte n'est en rien comparable à l'immense amour que je ressens pour Papa. A notre égard, il sait se montrer attentif, sensible, ferme mais juste et n'hésite jamais à se mettre à notre portée. Enfin, il sait tout, répond toujours à nos questions et nous apprend les choses de la nature, le nom des plantes, des fleurs, des arbres, des oiseaux et des moindres insectes. Il nous lit des histoires, dirige nos lectures, nous chante des chansons, joue du violon. Il ne peut pas exister de meilleur père ! Marie-Ange l'embrasse avec le même enthousiasme que moi, puis nous l'escortons jusqu'à Maman qui se dirige vers lui d'un pas rapide.

— Marcel !

Ils s'étreignent à leur manière passionnée et se baisent sur les lèvres, longuement. Puis Maman s'empare d'office d'une des valises de Papa et nous nous dirigeons tous quatre vers la sortie.

Dans la charrette anglaise, nos parents s'installent sur la banquette du devant et nous reprenons, Marie-Ange et moi, nos places habituelles.

— Quoi de neuf? demande Papa.

— Dol et moi nous faisons beaucoup de souci pour Jacques, répond Maman qui est incapable de dissimuler ses pensées et fonce toujours droit devant elle. Entre Lulu et lui les choses se compliquent. Il y a maintenant un troisième larron en jeu !

— Qui donc ?

— Gérard de Bailly.

— Tiens, tiens, dit Papa. Il est vrai que Lulu est certainement très intéressante pour un célibataire. Cette petite a du chien.

— Bon chien chasse de race à moins que la mère ne soit mauvaise et, justement, dans le cas de Mme Pongalant, la mère est de grande qualité ! réplique Maman avec un rire entendu.

Nous passons peu après devant la maison des parents de Lulu, non sans la considérer tous quatre avec curiosité, en longeant la grille peinte en gris.

— Je me demande bien comment cette histoire va finir, soupire Maman. Jacques est terriblement jaloux.

— « Si Titus est jaloux, Titus est amoureux », réplique Papa rarement en peine d'une citation.

— Bien sûr, mon ami, répond Maman qui a lu plus de romans que d'auteurs classiques et admire son mari pour une culture qu'elle n'a pas mais dont elle ne cesse de s'émerveiller chez lui. Il est certain que Jacques est très épris mais il ne pourra pas épouser la petite Pongalant dont les parents considéreraient une telle union comme une mésalliance.

— En sommes-nous encore là ? demande Papa avec vivacité.

Il y a longtemps que j'ai compris une chose : mon père est l'homme le plus charmant du monde, mais il y a deux ou trois sujets qu'il est préférable de ne pas aborder devant lui. La noblesse est un de ceux-là.

— Je croyais que, depuis 89, tous ces stupides préjugés avaient été abandonnés !

Au ton employé, nous devinons toutes trois qu'il est piqué au vif. Mieux vaut ne pas insister.

— Pour en revenir à Jacques, reprend Maman, ne crois-tu pas que tu pourrais essayer de lui parler ?

— Que veux-tu que je lui dise ? Que les

Pongalant croient descendre de la cuisse de Jupiter et que le fils d'une simple veuve ne leur paraît pas digne d'épouser Lulu ?

— Pas ça, bien sûr, mais qu'une bonne façon de rendre une femme jalouse est d'en courtiser une autre. Dans sa petite bande, il ne manque pas de cœurs à prendre et plus d'une lui fait les yeux doux.

— Voyons, Berthe, il n'a pas besoin de moi pour savoir une chose pareille. C'est le b-a-ba de la séduction.

— Eh bien ! Moi, je vais le lui dire ! s'écrie Maman avec fougue. Il n'y a pas que Lulu, après tout, sous la calotte des cieux !

Nous arrivons à la maison. Maman arrête la jument devant le portail qui s'ouvre aussitôt et Mama apparaît.

— Marcel !

Je soulève le rideau de cuir souple où s'arrondit l'œil de mica et regarde ma grand-mère embrasser son fils avec amour. Il est son seul enfant. Elle l'adore et a reporté sur lui la tendresse d'un cœur déçu par un mariage qui n'a pas tenu ses promesses. Marie-Ange et moi n'avons pas connu son mari, notre grand-père mort bien avant nos naissances d'une maladie nerveuse qui avait détraqué son caractère et l'avait rendu violent, colérique, irascible au point qu'un jour il lança une soupière par la fenêtre. Papa nous parle parfois de lui et nous raconte les scènes terribles auxquelles il assistait petit et qui le terrorisaient.

Quand Marie-Ange et moi étions des bébés, Mama habitait à Paris avec nous dans l'appartement qui avait été le sien avant le mariage de mes parents. Elle y vivait heureuse avec son fils mais l'arrivée de Maman avait tout changé. Le caractère passionné autant que possessif de sa nouvelle bru avait entraîné des explications très pénibles entre elles deux. J'ai assisté à quelques-unes de ces disputes et je sais combien leur entente est boiteuse. Je devine que Mama souffre d'une union qu'elle ne souhaitait certainement pas. Je l'ai parfois vue pleurer... Elle a quitté l'appartement de Paris pour venir (sur quelle initiative ?) s'installer à La Chartre en compagnie de Mémé et de Tonton, si différents d'elle. Jamais elle n'a tenté de revenir dans la capitale et elle subit son sort sans une plainte, avec une grande dignité. Mais je vois bien qu'elle ne se plaît guère à la Garenne et n'y vit qu'à contrecœur...

Nous descendons de voiture et Maman va conduire Négrose et la charrette anglaise dans la remise où elle les confiera à Mémé que nous venons justement de voir y pénétrer. Elle doit y chercher des rondins ou des bûches pour alimenter la cheminée de la cuisine ou l'antique cuisinière à bois qui ronfle si bien quand son foyer est copieusement garni. Il m'est arrivé de le voir grand ouvert, brûlant comme l'enfer d'un feu ardent dont l'odeur d'écorce enflammée se mêlait à celle d'un rôti en train de cuire dans le four...

Pendant que mes parents montent dans leur chambre vider les valises apportées par Papa, je cherche Lido pour lui annoncer le retour de son maître. Ne le trouvant pas et constatant que Marie-Ange est allée rejoindre Mémé dans la remise, je décide de grimper à la Garenne, par les marches, pour rattraper notre chien.

En haut de l'escalier, et ne voyant pas trace de Lido, je pénètre dans le petit bois où il est peut-être en arrêt devant un terrier de lapin.

Mais ce n'est pas lui que je trouve !

Comme je me faufile sans faire de bruit, pour le surprendre, sous les basses branches des arbres touffus que plusieurs allées coupent à angle droit, j'entends soudain un bruit de conversation étouffée. Je m'immobilise et écoute. Je reconnais la voix de Gérard de Bailly à laquelle répond celle de Jean Bourdereau, un des garçons du petit groupe, celui qui est affligé de gencives trop largement découvertes.

— Lulu est formidable, dit le premier. J'en suis amoureux fou !

— Ça se voit, répond Jean, ça se voit trop ! Mon pauvre vieux, je te plains. Jacques a un droit de priorité sur toi. Lui aussi, il est mordu. Il ne te laissera jamais toucher à sa bonne amie !

— Mais je n'ai pas besoin de lui demander son avis ! J'enlève Lulu qui se trouve ainsi compromise et ses parents seront forcés de me la donner en mariage.

— Comme tu y vas ! Lulu ne se laissera pas faire, crois-moi !

— Qu'en sais-tu ?

— C'est une coquette. Elle joue avec vous. Ça l'amuse, cette petite ! Mais sois tranquille, elle sait jusqu'où elle veut aller et ne dépassera jamais les limites permises.

— Alors, je la violerai ! Elle sera bien obligée, ensuite, de devenir ma femme !

— Comment peux-tu dire une chose pareille ! Tu avais raison de dire, tout à l'heure, que tu étais fou ! Fou à lier, oui, voilà ce que tu es !

Sans doute aussi horrifié que moi, Jean a peu à peu élevé la voix. Il crie presque en terminant sa phrase.

Prenant bien garde à ne pas poser mon pied sur une branche sèche, je recule en silence, le cœur battant à s'en décrocher, les jambes tremblantes. Que va-t-il arriver à Lulu ? De quoi est-elle menacée ? Je me fonds parmi les bosquets de buis et de lauriers, me glisse sous leurs rameaux, gagne une allée et dégringole à toute allure les marches conduisant à la maison. Je veux voir Marraine. Il n'y a qu'à elle que je puisse confier ce que je viens d'entendre. Elle est la seule qui acceptera de répondre à mes questions.

Où est-elle ? A cette heure-ci, elle doit se préparer pour le dîner. Je me précipite vers sa chambre, située de l'autre côté de la cour, dans l'annexe, et y entre sans frapper.

— Marraine, Marraine, qu'est-ce que ça veut dire : violer ?

Je pleure et je hoquette, tant je suis secouée. Elle se retourne vers moi, sourcils froncés.

— Que dis-tu ?

— Gérard a dit à Jean qu'il allait violer Lulu !

Marraine vient vers moi, m'entoure de ses bras, m'entraîne vers son fauteuil, m'asseoit sur ses genoux.

— Allons, calme-toi, ma chérie. Respire doucement.

Je me blottis contre elle. Dieu qu'elle sent bon !

— Bien. Maintenant, tu vas me raconter ce que tu as entendu. Où étais-tu ? Qu'est-ce qui s'est passé ?

Un peu apaisée, j'aspire une grande goulée d'air et je rapporte les paroles surprises dans le bois. Marraine m'écoute avec beaucoup d'attention.

— Tout ça n'est pas très grave, dit-elle. Ce ne sont que des mots, rien que des mots... de là à passer aux actes !

Je l'interroge :

— Gérard de Bailly veut faire du mal à Lulu ? Il ne va pas la torturer, tout de même ?

— Mais non, ma chérie, mais non. Il était furieux et disait n'importe quoi. Ne t'inquiète pas. Tu n'aurais jamais dû écouter une telle conversation... Elle n'était pas pour toi. Ce sont des histoires de grandes personnes. Dieu merci, elles ne te regardent pas !

Marraine me berce un moment dans ses bras.

— Maintenant, nous allons descendre dîner, il est huit heures. Tu vas retrouver ton Papa, n'oublie pas que c'est ton premier repas avec lui depuis longtemps. Il ne faut pas qu'il te voie inquiète. Tiens, essuie tes yeux avec ce mouchoir, brosse tes cheveux et descendons toutes les deux. Ce serait un comble de nous faire gronder en arrivant en retard !

Avec Marraine, tout s'arrange. Maintenant qu'elle a entendu ce que je voulais lui confier, je me sens soulagée d'un poids énorme et je ne me fais plus de souci. Elle avisera. Et puis Papa est revenu. Je ne dois plus penser à autre chose.

Dans la salle à manger, toute la famille est réunie. Lido, lui aussi, est là. Jacques, qui a roulé une partie de l'après-midi, en voiture, m'a dit Marraine, arbore une mine sombre et ne parle pas. Papa et Maman ont l'air comblés. Mama sourit, mais évite de les regarder. Mémé observe, Tonton se tait. Heureusement Marie-Ange se met à parler de son chat et son bavardage détend l'atmosphère. Tout le monde en paraît soulagé. Marraine, parfaitement naturelle, entretient la conversation avec mes parents, mais je surprends deux ou trois fois son regard posé sur moi et ses yeux sombres me considèrent alors d'un air pensif.

Après le dîner, nous avons la permission, ma sœur et moi, de jouer un court moment avant de monter nous coucher. Papa attache beaucoup d'importance à ce que nous ayons une longue nuit de repos. Même en vacances, à neuf heures et demie nous devons être au lit, quoi qu'il arrive. Il y tient. « Les enfants forgent leur santé future pendant leur sommeil », a-t-il l'habitude de dire à ceux (comme Marraine ou Mama) qui interviennent pour plaider certains soirs notre cause quand ils nous voient passionnées par une partie de Nain jaune, en hiver, ou occupées à jouer dans la cour, en été.

Il fait chaud dans notre petite chambre sous le toit de la maison, et j'ai un certain mal à m'endormir ce soir-là. Je me demande si les menaces de Gérard de Bailly doivent être prises au sérieux, contrairement à ce que m'a assuré Marraine, et ce qui va arriver à Lulu. Quant à Jacques...

Je me réveille plus tard en sursaut, le cœur affolé. J'ai rêvé que je découvrais un loup dans la cave à bois et qu'il se jetait sur moi pour me dévorer...

Le lendemain est un jour que Papa attend depuis des mois : c'est l'ouverture de la chasse. Il s'est levé très tôt et nous le trouvons prêt à sortir quand nous descendons, ma sœur et moi, prendre le petit déjeuner dans la salle à manger. Un peu de brume traîne encore au fond de la cour, alors même que le soleil commence à la dissiper en montant dans le ciel par-delà les frondaisons du petit bois qui surmonte l'escarpement au pied duquel est bâtie la maison.

Vêtu d'un pantalon de velours roux en forme de jodhpurs, d'une veste en épaisse toile imperméable de la même couleur, chaussé de brodequins, les jambes protégées par de hautes guêtres de cuir fauve soigneusement astiquées, Papa est magnifique. Il est en train de boucler la cartouchière autour de sa taille mince avant d'accrocher sa gibecière de cuir à franges à l'une de ses épaules. Je m'élance vers lui.

— Tu allais partir sans nous avoir dit au revoir !

J'ai parlé sur un ton de reproche.

— Mais non, ma chérie, j'attendais seulement d'être sur le point de sortir pour aller vous embrasser toutes les deux. Je viens juste de finir mon petit déjeuner.

De la cuisine, pénètrent dans la véranda, par où entre le soleil qui éclaire la pièce, de bonnes odeurs de pain grillé et de café. Sur la table deux bols salis attestent que Mama a tenu à partager le premier repas du chasseur. Parfois, elle l'accompagne à la chasse. Elle aime ces traques à deux dont elle revient les joues rosies par la marche et des brindilles dans les cheveux. Mais ce matin, Papa semble partir seul. Lido, éperdu de joie, tourne avec fébrilité autour de son maître. Parfaitement dressé, c'est un excellent chien d'arrêt. Papa a coutume de dire : « Quand j'arrive dans un champ où je pense qu'il peut y avoir du gibier, je n'ai qu'à lui indiquer d'un geste dans quel sens je veux qu'il en fasse le tour. Il comprend, flaire avec le plus grand soin haies et taillis, puis, quand il a senti une perdrix, un lièvre ou un lapin, il se fige aussitôt, à l'arrêt. Une patte avant repliée, immobile, pétrifié, il attend que j'agisse. Ensuite, c'est à moi de bien tirer ! »

Que Papa soit chasseur me plaît beaucoup. Je l'ai vu, durant ses brefs séjours précédents parmi nous, préparer lui-même ses cartouches. A l'aide d'une pipette de métal à laquelle il nous est défendu de toucher, il a mesuré avec le plus grand soin la quantité de poudre et de plombs justement répartie et, une fois parvenu à ce qu'il voulait, il a obturé le mince cylindre de carton rouge ou bleu, à bout de cuivre, au moyen d'un petit appareil spécial. Ses grandes mains un peu noueuses manient avec précaution chaque objet et le reposent méthodiquement sur la table Louis XIII de son petit bureau tapissé de livres. Mais, plus encore que ses préparatifs, ce sont ses retours auxquels j'aime assister.

Quand il revient, à la fin d'une journée où on a entendu tirer autour de la Garenne, nous accourons, Marie-Ange et moi, dans le soir qui tombe, pour voir ce qu'il rapporte. Les jours sont déjà moins longs en septembre. Une fraîcheur humide monte du Loir et l'odeur du feu de bois qui flambe dans la cheminée de la cuisine gagne la cour. Elle se mêle au fumet du gibier dont je respire les exhalaisons sur la gibecière de cuir d'où les fortes mains de Papa extraient un à un les lapins aux poils tachés de sang, les perdrix rouges ou grises, encore tièdes, les lièvres aux longues pattes postérieures vigoureuses et musclées, ou bien, les jours fastes où

Lido s'est distingué, un faisan doré dont la tête retombe sur le côté avec une grâce dolente quand Maman s'en empare.

Le lendemain de ces retours, nous nous régalons de perdreaux aux choux, de l'excellent pâté de lapin de Maman ou du civet que Mémé réussit si bien. Mais cette année les joies gourmandes sont troublées par les suites aventureuses des amours de Jacques et de Lulu. Souvent, autour de la table familiale, se déchaînent orages et algarades.

Deux jours plus tard, parce qu'il pleut, Papa n'est pas reparti à la chasse. Lido est en peine. Il s'est couché sur le paillasson de la véranda, le museau posé sur les pattes de devant, et soupire en constatant que son maître se met à table banalement. Ce matin, Lulu est passée voir Jacques en compagnie de son frère, mais ils ne se sont pas attardés. Mon cousin ne cesse pas de broyer du noir. Lui qui est d'ordinaire si présent, si gai, si rieur, continue de remâcher ses rancœurs et reste muet à sa place. Maman lui jette des regards irrités. Je sens qu'elle bout intérieurement et je redoute l'explosion.

— Tu ne trouves pas mon faisan à ton goût ? lui lance-t-elle au moment où nous attaquons le succulent gibier servi avec des pommes de la Garenne revenues au beurre et bien caramélisées.

— Mais si, Marraine, il est très bon, répond Jacques qui mange du bout des dents.

— On ne le dirait pas !

— Je n'ai guère faim.

— Cette gamine te tourne la tête, mon pauvre garçon. Nom d'un petit bonhomme, il faut avoir plus d'énergie que ça ! Secoue-toi un peu ! Ne te laisse pas rouler dans la farine par ce petit bout de femme de rien du tout ! Si elle te préfère le fils Bailly, prends-en une autre. Une de perdue, dix de retrouvées !

— C'est toi qui le dis ! Et ça te va bien alors que tu n'échangerais ton mari contre aucun autre !

— Ça n'a aucun rapport ! Je te défends de comparer Marcel à cette petite allumeuse !

Maman est devenue toute rouge. Son regard bleu a des éclats d'acier. Jacques sait pourtant bien qu'il ne faut jamais toucher à Papa devant elle.

Sans rien dire, il se lève, jette sa serviette sur la table et traverse la cour d'un trait avant de sortir en claquant derrière lui le portail dont la clochette tinte furieusement. Pour sortir, il a enjambé Lido couché à sa place habituelle. Notre chien se dresse à son tour, se secoue et, nez au sol, suit Jacques dehors.

— Pourquoi cette colère, Berthe ? soupire Marraine. Tu sais bien que l'amour est aveugle et sourd.

— Peut-être, dit Maman encore frémissante. Mais il est trop bête, aussi ! Comment s'est-il amouraché pareillement de Lulu ? Elle n'a rien d'extraordinaire, après tout !

— Elle ne manque pas de charme et prend plaisir à jouer du pouvoir qu'elle a sur les garçons, remarque Papa qui n'est pas encore intervenu. C'est de son âge. Elle est si jeune !

J'ai observé depuis longtemps que mon père ne donne son opinion que très rarement quand éclate la fureur de Maman. Il sait que la tempête ne durera pas.

Il est vrai qu'elle n'a aucune rancune et oublie aussitôt ses griefs ainsi que les blessures qu'elle a pu provoquer. Il lui arrive même de s'étonner quand on fait mention devant elle d'un de ses emportements passés.

— C'est une coquette !

— Sans doute, mais la coquetterie n'est pas un péché bien grave dans votre catéchisme, que je sache !

Un des autres sujets auxquels il est préférable de ne pas faire allusion devant mon père est la foi en Dieu. C'est même un de ceux qui provoquent le plus sûrement son irritation. Maman, qui ne l'ignore pas, évite de l'aborder chaque fois qu'elle le peut. Elle se garde bien d'insister.

— Lulu joue avec les garçons qui l'entourent comme l'héroïne du livre *La Femme et le Pantin*, dit-elle en détournant la conversation vers un roman dont elle parle souvent et qui semble l'avoir impressionnée.

Elle sait que c'est là une bonne diversion et que la littérature est, entre mon père et elle, une matière inoffensive. On se met à parler de livres. La conversation reprend et personne ne fait plus mention ni de Jacques ni de Lulu. Moi, je continue à penser à eux.

VI

Deux jours plus tard, le beau temps revient et Papa retourne chasser en compagnie de Maman et de Lido, tout pétillant de joie. Jacques et ses amis ont décidé de pique-niquer au bord du Loir, dans un pré situé du côté de Couture, village natal du poète Ronsard, dont Papa cite parfois certains vers et dont je ne sais pas très bien s'il est mort ou vivant. C'est aussi dans ce petit bourg qu'est née Mémé, ma rustique grand-mère, moins célèbre que son voisin de campagne, certes, mais également fière d'y avoir vu le jour. Comme ni Marie-Ange ni moi ne sommes conviées au pique-nique, nous jouons à la Garenne, en fin de matinée, avec deux de nos cousines, Nicole et Jacqueline. Elles habitent d'ordinaire au Mans, mais elles viennent chaque été passer les vacances chez leur aïeule, digne et vieille dame distinguée autant que majestueuse, qui habite une belle et vaste maison du siècle dernier au bas de notre rue. Nous les voyons souvent et les aimons beaucoup... Surtout Nicole qui est brune, jolie et rieuse. Elle chante bien et entonne à la demande airs d'opérette ou chansons à la mode.

Nous sommes justement en train de l'écouter interpréter : *Si on ne s'était pas connu...* quand le portail s'ouvre avec son habituel bruit de gonds rouillés. L'air inquiet, Marraine se dirige vers nous qui nous tenons sur le gravier.

— Vous n'avez pas vu Lulu ?

— Non. Pourquoi ? Je croyais qu'elle était au pique-nique, avec les autres.

— Elle devrait y être, mais Philippe vient de passer à la maison pour nous dire qu'elle était partie de chez ses parents ce matin de bonne heure, qu'elle n'était pas rentrée de la matinée et qu'il ne savait où la chercher.

— Jacques ne sait pas où elle est, lui non plus ?

Marraine secoue la tête.

— Il n'en a aucune idée. Il est en bas, avec toute la bande, à attendre Lulu pour s'en aller à Couture.

— Ils vont déjeuner tard ! remarque Jacqueline dont l'appétit est légendaire dans la famille.

— Elle ne doit pas être bien loin, dit Nicole avec son large sourire. Est-ce qu'elle ne se trouverait pas du côté de chez les Bailly ?

Marraine serre les lèvres.

— J'espère bien que non, murmure-t-elle.

Elle me regarde. Je m'empourpre et, tout à coup, ma gorge se serre. J'ai envie de pleurer. Qu'est-il arrivé à Lulu ?

— Je redescends, dit Marraine. A tout à l'heure.

Elle s'éloigne déjà.

— Je vais avec toi !

J'ai crié, sans même l'avoir voulu.

Marraine se retourne.

— Viens, dit-elle simplement.

— Et moi ? demande Marie-Ange.

— Venez toutes les quatre, dit Marraine. Je comprends que vous ayez envie de savoir ce qui se passe.

Nous redescendons rapidement par la route. Dans la cour fleurie nous rejoignons Jacques, Philippe, la maigre Élise, sa sœur Madeleine et leur cousin Bernard. Solange et Jean, elle toujours élégante dans une robe de tussor beige et lui qui pour une fois ne sourit pas, complètent le groupe.

— Rien de neuf ? demande Marraine.

— Non, répond Philippe, maussade, ma sœur est toujours introuvable. Par sa faute, nous allons être morts de faim en arrivant à Couture !

Jacques se tait mais il doit serrer les dents sur son inquiétude car je vois les muscles de ses mâchoires qui se crispent de façon spasmodique.

Marraine paraît songeuse. Manifestement, elle hésite à dire quelque chose. Puis elle se décide.

— Si vous alliez en reconnaissance aux

alentours de la Grande Mare ? suggère-t-elle à Philippe.

Il s'agit de la propriété des Bailly. Tout le monde le sait. Jacques se retourne brusquement.

— Pourquoi dis-tu cela ? demande-t-il à sa mère avec colère. Pourquoi ? Lulu n'y est sûrement pas !

— Allez toujours y voir, insiste Marraine. On ne sait jamais.

Mon cœur bat comme un forcené dans ma poitrine.

— Partons, décide Philippe. Votre idée est peut-être bonne, madame. J'aurais dû y penser.

— Prenons ma voiture, propose alors Jacques dont les yeux sombres s'animent soudain. Viens, Philippe, je t'emmène !

— Et nous autres, qu'est-ce que nous faisons ? demande Jean.

— Vous nous attendez ! Si nous retrouvons Lulu, nous repasserons vous le dire et reprendre nos vélos.

Je devine mon cousin heureux d'agir, sans doute désireux aussi d'affronter son rival, mais surtout content de rompre une attente qu'il ne pouvait plus supporter. Et puis, ils vont peut-être sauver Lulu, l'arracher au séducteur exécré !

Jacques tourne la manivelle de la petite torpédo avec frénésie, comme s'il s'agissait d'anéantir définitivement Gérard de Bailly. La voiture jaune frémit, tressaute, bondit, s'éloigne enfin dans un nuage de poussière.

J'entends qu'on parle autour de moi, mais mon esprit est ailleurs, dans le petit bois, là où j'ai entendu Gérard menacer Lulu de je ne sais quelle horreur et j'en suis épouvantée. Marraine voit mon tourment ou bien elle le devine. Elle vient vers moi, me prend par la main, me sourit et m'embrasse.

— Allons, ma chérie, ma Francette, calme-toi. Les garçons vont sûrement retrouver notre Lulu et ils vont la ramener avec eux. En attendant, monte à la Garenne dire à Mémé qu'il est temps de songer à déjeuner. Quand elle est là-haut, elle oublie l'heure !

Une fois de plus, Marraine m'a apaisée. Elle m'a appelée Francette. Tout le monde utilise mon prénom Françoise, sauf Papa qui aime bien dire Françou parce qu'il est d'origine auvergnate et que c'est ainsi, assure-t-il, qu'on prononce là-bas ce diminutif. Marraine, elle, préfère Francette et personne d'autre, sauf Jacques, ne m'appelle ainsi. C'est une douceur entre nous. Une de plus.

Nicole et Jacqueline nous quittent pour aller rejoindre leur grand-mère qui doit les attendre car, contrairement à la nôtre, elle est très stricte sur l'heure des repas. Je cours avec Marie-Ange à la Garenne pour chercher Mémé. La petite bande attend dans la cour.

— Où est Lulu ? me demande ma sœur. On lui a fait du mal ?

— Qui pourrait vouloir faire du mal à Lulu ?

— Je ne sais pas. Peut-être un de ses amoureux ?

Je me tais. Que répondre ? Malgré ses six ans et demi, Marie-Ange comprend pas mal de choses...

Au potager, Mémé est en train de cueillir des haricots verts qui ont poussé le long de hautes perches plantées pour les soutenir.

— Tu vas avoir des rougets dans les cheveux ! dit Marie-Ange, encore essoufflée, à notre grand-mère. Tu aurais dû te mettre du soufre sur la tête.

Un des rares inconvénients que nous reconnaissons à la Garenne est en effet, dès le mois de juillet et tout au long de l'été, l'apparition de minuscules petites bêtes, qu'on appelle rougets à cause de leur couleur écarlate ou bien aoûtats parce qu'elles sévissent surtout au mois d'août. Elles provoquent par leurs piqûres des démangeaisons cuisantes. Pour les combattre, Papa répand du soufre dans nos chaussettes et sur nos cheveux dont les racines se voient ainsi colorées du plus beau jaune !

— A mon âge, ils ne me piquent plus, assure Mémé. Ma peau est tannée ! Mais je les sens qui me courent sur la figure, ajoute-t-elle en se passant la main sur les joues.

— Viens. Il est l'heure de déjeuner, lui dis-je ainsi que Marraine me l'a demandé.

Tout le monde sait que Mémé se soucie de l'heure comme d'une guigne. Elle soupire et prend le grand panier où s'entasse sa cueillette.

— Allons, dit-elle à regret. Je vous suis.

Nous redescendons à la maison avec elle, par la route.

Devant le portail est arrêtée la petite torpédo citron de Jacques. Il est donc revenu !

Nous entrons précipitamment dans la cour pour y découvrir Lulu, son frère et mon cousin entourés de la petite bande. Lulu se recoiffe devant la vitre de la porte de la véranda qui sert souvent de glace aux uns ou aux autres. Jacques et Philippe ont l'air à la fois furieux et conquérants.

Je n'ai pas le temps d'apprendre ce qui est arrivé.

— Partons ! lance Philippe. Nous avons déjà pris assez de retard comme ça !

— Je vais ranger la voiture, dit Jacques.

Je m'approche de Lulu qui me paraît nerveuse, mais je n'ose rien lui demander. Elle me sourit vaguement et va prendre sa bicyclette posée avec les autres contre les piliers en ciment, façon faux branchages, que mes parents ont fait élever pour soutenir l'escalier qui monte jusqu'à la Garenne.

Je n'en saurai pas davantage. Jacques revient rapidement et donne le signal du départ en vélo. Ils s'éloignent tous en prenant la route sinueuse qui longe le Loir.

Mémé est allée porter ses haricots verts à la cuisine. Marraine sort de la salle à manger.

— Lavez-vous vite les mains, mes chéries, et à table !

Docilement, nous allons à la pompe qu'il faut manœuvrer plusieurs fois avant d'en obtenir de l'eau. Au retour, j'interroge Marraine du regard, mais elle fait semblant de ne pas comprendre. Mémé, Mama et Tonton parlent ensuite avec elle de choses et d'autres. Tout se passe comme si aucun d'eux n'avait été inquiet pour Lulu, comme si Jacques et Philippe n'avaient pas été contraints d'aller la chercher à la Grande Mare. Manifestement, on ne veut rien nous dire. Comme on nous a répété cent fois qu'à table les enfants ne posent pas de questions aux grandes personnes, Marie-Ange et moi nous taisons.

Dès le déjeuner terminé, nous plions nos serviettes et allons nous réfugier dans un endroit qui est notre domaine et où nous jouons souvent. A la suite de la cuisine, elle-même creusée dans le rocher, il y a un fournil où les grands-parents de Maman faisaient le pain. Cette pièce sombre, où se trouve toujours le four à l'orifice arrondi, inutilisé depuis des dizaines d'années, conduit à la fois à la haute et profonde cave à vin où trône un vieux pressoir et au fruitier. La cave nous impressionne par ses dimensions. Vaste comme une église, avec sa voûte tellement élevée, taillée dans le tuffeau à coups de pic très visibles, et ses rangées de tonneaux, elle recèle, tout au fond, un caveau à la grille de fer rouillé dont nos parents dissimulent avec le plus grand soin la lourde clé. C'est derrière cette grille que gisent dans le sable les meilleures bouteilles de nos vignes. La cave nous fait un peu peur car elle est pauvrement éclairée par trois ampoules perdues sous son immense voûte et parce que son haleine froide, à relent vineux est inquiétante. Aussi, passons-nous sans nous attarder devant la gigantesque porte à claire-voie qui y donne accès. En revanche, pour se rendre au fruitier, il faut emprunter un escalier contre lequel a été creusée une petite plate-forme qui communique par un vantail de bois avec un escalier conduisant à un sentier de chèvres qui, lui aussi, grimpe vers la Garenne. Or, cette plate-forme de ciment nous sert de scène comme si nous étions sur un étroit théâtre. La proximité de la cave, du fruitier d'où parviennent des senteurs de pommes et des marches de pierre où poussent de minces fougères sous lesquelles nichent des crapauds, excite sans doute mon imagination.

Aussitôt parvenue sur notre tribune, je me mets à jouer pour le public représenté par ma sœur une scène où je suis à la fois Lulu, victime d'un séducteur éhonté, et Jacques, chevaleresque sauveur de l'héroïne. Marie-Ange se pique au jeu et me donne la réplique. Nous nous amusons beaucoup et c'est ainsi que nous interpréterons une aventure que nous imaginons finir par un magnifique mariage.

Aux questions que je poserai les jours

suivants à Marraine, à Papa ou à Maman, je n'obtiendrai que des réponses évasives : « Tout est arrangé », « C'est une histoire finie », « Ne t'en occupe pas, ce n'est pas de ton âge », « Que vas-tu chercher là ? ».

Mais je remarque avec satisfaction que Gérard de Bailly ne se mêle plus aux autres et que Lulu s'est rapprochée de Jacques.

Nous participons encore à quelques promenades en forêt, à des parties de bateau sur le Loir, plusieurs randonnées en voiture où nous partons à deux autos, la Ford et la torpédo, puis la fin des vacances de Marraine et de Jacques arrive et nous les regardons avec tristesse s'en aller à bord de la petite Citroën jaune dans une envolée de poussière.

Après leur départ, les visites des estivants restants se font rares. Nous ne voyons plus que de temps en temps les membres de la petite bande. Lulu passe seulement une ou deux fois à la maison pour nous embrasser, Marie-Ange et moi, mais surtout, pour s'enfermer avec Maman (qu'à ma profonde surprise, elle semble avoir prise pour confidente) dans le salon, où elles poursuivent toutes deux quelque mystérieux entretien...

Pour la première fois de ma vie, je ressens avec un déchirement douloureux le départ de Marraine et celui de Jacques. Est-ce parce que je grandis ? J'erre de pièce en pièce comme une âme en peine et je vais rechercher dans la chambre de ma chère Marraine les traces persistantes de son parfum. J'ai toujours été très sensible aux odeurs et rien n'évoque mieux pour moi une présence que les senteurs qui s'y rattachent. Marraine me manque à tel point que je pleure la nuit en songeant à elle. Je ressens un sombre plaisir à cette montée de la nostalgie qui exalte en moi je ne sais quelle obscure complaisance.

Nos parents s'aperçoivent sans doute de mon vague à l'âme car ils nous annoncent un beau matin que nous allons partir en famille pour Blois. Ce faisant ils se rendront à l'invitation, lancée depuis longtemps, d'une cousine de Mémé, qui habite dans cette ville des bords de la Loire avec sa fille veuve et ses deux enfants, un fils un peu plus âgé que moi et la sœur de celui-ci, infirme mais d'un caractère très doux. Nous y passerons quelques jours. Ces cousins blésois ont une grande et belle maison, agrémentée d'une terrasse d'où la vue sur le fleuve est magnifique. Mais ce n'est pas la beauté du paysage dont je garderai le souvenir.

Comme nous sommes venus en compagnie de nos deux grands-mères, ce qui représente six personnes à loger, il a bien fallu, en dépit de la taille de la demeure, que nous nous serrions un peu. Aussi, Marie-Ange et moi sommes-nous installées dans un petit boudoir attenant à la chambre de nos parents. Fatiguée par le voyage, dont plusieurs pannes de la Ford et mes maux de cœur incessants ont perturbé le déroulement, je dors mal la première nuit. Me réveillant soudain, au sortir d'un cauchemar, dans l'obscurité d'une pièce inconnue, je me mets à hurler. Je réveille ma sœur qui éclate à son tour en sanglots.

Alertée par tout ce bruit, Maman surgit alors de sa chambre. Elle a passé rapidement une robe de chambre de crépon mauve et n'a pas eu le temps d'en nouer la ceinture. Elle vient vers nous, me prend dans ses bras pour me consoler, tout en cherchant à apaiser Marie-Ange dont le petit lit, contigu au mien, est tout débordé. Penchée de la sorte, elle ne fait plus attention à son vêtement qui bâille de plus en plus et finit par s'entrouvrir sur la chemise de nuit déboutonnée et froissée. C'est alors que je sens une exhalaison inconnue, un peu fade mais cependant puissante que je respire pour la première fois. Il y a bien sûr l'odeur du corps maternel que je connais et reconnais sur les vêtements, dans la penderie ou dans la chambre de ma mère. Mais s'y mêle cette nuit un relent étrange qui me déplaît et me gêne. Comme je considère Maman d'un œil étonné, elle rougit et resserre précipitamment le peignoir autour de sa taille.

— Allons, allons, il faut dormir, mes reinettes, dit-elle. Ce n'est pas une heure, à votre âge, pour être réveillées !

J'entends en même temps la voix de Papa qui s'élève de la chambre voisine.

— Berthe ! appelle-t-il.

Il y a de l'impatience dans sa voix.

— Voilà, mon ami, répond Maman. Je viens. Je viens.

Elle nous embrasse rapidement et se sauve sans oublier d'éteindre la lumière. Les yeux ouverts dans le noir, je mets un certain temps à me rendormir.

VII

Les mois de vacances, qui nous paraissaient en juillet si longs qu'ils en étaient presque éternels, sont terminés. La rentrée des classes nous rappelle à Paris. C'est le cœur gros, mais l'esprit déjà tourné vers le lycée et les petites amies qui nous y attendent que, le dernier jour de septembre, nous quittons notre Garenne.

Au bord de la route, devant le portail dont la cloche est muette, nos deux grands-mères et Tonton nous disent au revoir de la main. Nous emportons dans notre souvenir la vision de leurs trois silhouettes, côte à côte, nous faisant signe. Lido, qui n'aime pas les départs, est absent. De nouveau la voiture est bourrée à craquer. L'odeur des légumes et des fruits que nous emportons par paniers entiers se mêle à celle des poulets, des saucissons à l'ail et du fameux pâté de lapin que Maman réussit à la perfection et dont nous nous régalerons à Paris. Toutes ces victuailles sont empilées dans des sacs et des cartons envahissants dont les fumets indiscrets, combinés aux relents sournois de l'essence, m'indisposent déjà…

Quand nous parvenons enfin au bas de notre immeuble, rue Valentin-Haüy, après n'avoir subi que deux pannes durant le trajet, je suis blanche comme plâtre et ressemble à une noyée. Il faut alors grimper jusqu'au cinquième étage en compagnie de nos parents et de Raymonde, chargés tous autant que nous sommes, de paquets distribués selon nos forces respectives. L'appartement aux persiennes closes nous accueille enfin avec son odeur de renfermé, de poussière et de naphtaline. Maman et Raymonde se précipitent pour ouvrir les fenêtres, prodiguer la lumière, faire entrer l'air du dehors.

Notre logis se compose de quatre pièces. Donnant sur la cour assez grande et claire de l'immeuble, se trouvent la chambre du fond, qui était celle de Mama avant son départ pour La Chartre et qui est à présent celle de nos parents, une salle de bains et une cuisine, étroites et longues toutes deux. Un couloir relie ces pièces à la salle à manger qui ouvre elle aussi sur la cour par une baie ornée de vitraux « modern style », décorés d'iris et de grappes de glycines. Une entrée, rejoignant le couloir par un coude où se loge une lourde armoire normande en chêne, conduit, à gauche, par une porte vitrée à double battant, sur la salle à manger et, à droite, sur le salon et l'ancienne chambre de nos parents, où nous couchions déjà quand nous étions petites et qui est devenue nôtre depuis que Mama s'en est allée. Ces deux pièces de façade bénéficient d'un balcon d'où nous avons découvert la Ford le 1er juillet et où nous jouons, Marie-Ange et moi, à la belle saison. Il domine la rue Valentin-Haüy, pavée de bois, courte et tranquille, au milieu de laquelle trône une fontaine haute, majestueuse, garnie de médaillons sculptés et munie de robinets en cuivre.

La rue aboutit place de Breteuil.

Je considère cet appartement comme l'endroit où il est normal de vivre en attendant de pouvoir retourner à la Garenne. Cependant, je lui préfère mon lycée où j'ai beaucoup d'amies et où je me sens à l'abri des punitions maternelles... La rentrée, justement, se passe bien, comme toujours, et je me retrouve en huitième avec bon nombre de mes camarades de l'année précédente.

Papa nous conduit chaque matin en classe, Marie-Ange et moi, en partant pour le ministère des Finances. En revanche, c'est Maman qui vient nous chercher à la sortie des classes et nous emmène toutes deux jouer et courir avenue de Breteuil. Parfois, nous nous rendons aussi avenue de Suffren où, paraît-il, j'ai commencé à marcher en m'élançant vers Papa qui rentrait du bureau. Le dimanche, Papa et Maman nous emmènent au Champ-de-Mars. Nous y jouons à cache-cache, aux barres ; nous y assistons à des séances de Guignol et, quand

Marraine participe à l'une de ces sorties, ce qui arrive souvent, elle nous offre des tours de manège qui m'enchantent. Mais, comme je ne suis guère adroite, j'ai bien du mal à enfiler la baguette de bois, que le propriétaire distribue aux enfants, dans les anneaux de métal suspendus à un portant. Marraine en rit gaiement, ce qui atténue mon humiliation car je suis susceptible et n'aime pas perdre.

Lorsqu'il pleut le dimanche, nous faisons d'interminables parties de Nain jaune, de jonchets, ou de loto en compagnie de Marraine et de nos parents. Jacques est souvent absent de ces réunions. Il sort avec ses amis. Voit-il Lulu ? Appartient-elle aussi à ce groupe parisien que continuent de former certains des membres de la petite bande chartraine ? Personne ne parle plus devant moi de la dispariton énigmatique de Lulu cet été. Seulement, un jour où ils ne pensaient pas être entendus, mes parents ont évoqué en riant les leçons de cuisine du « Cordon bleu », cours élégant où les jeunes filles sont censées s'initier à l'art culinaire et que Lulu fréquente de façon assidue. A entendre le ton dont ils parlaient de cet apprentissage, j'ai bien compris qu'il cachait quelque chose et n'était sans doute qu'un prétexte à d'autres occupations. Lesquelles ? Mystère !

Comme les Pongalant habitent non loin de chez nous, nous les rencontrons parfois, soit au marché de l'avenue de Saxe, soit dans la rue. Il nous arrive de croiser Lulu qui nous sourit, nous embrasse, se montre charmante avec nous, selon son habitude, et s'envole ensuite, de sa démarche légère, vers des activités inconnues dont le « Cordon bleu » doit faire partie...

Pour l'anniversaire de ma sœur, en décembre, nous nous déguisons, ce qui me ravit. Marie-Ange est précisément en cuisinier, avec une belle toque blanche, moi en danseuse égyptienne, les bras chargés de bracelets en toc fournis par une costumière, amie de Marraine. J'aime tant me travestir ! C'est encore une façon de m'identifier à des héroïnes imaginaires, de fuir, de rêver...

Maman a coutume de déclarer :

— Françoise manque de sens pratique. Elle est toujours perdue dans ses songes et ne fait œuvre de ses dix doigts ! Marie-Ange sera une bien meilleure maîtresse de maison !

Il est vrai que ma sœur aide aux travaux ménagers et s'amuse à seconder notre mère. Cela m'est égal. Pour moi, depuis que je sais lire, je plonge dans mes livres avec un bonheur profond, absolu, comme si j'avais à étancher une soif qui n'est pas de nature à jamais pouvoir s'apaiser.

Au lycée, je suis une élève moyenne. Nulle en calcul mais bonne en français, en histoire et en sciences naturelles parce que je m'intéresse aux plantes, aux arbres, aux animaux, à la nature enfin, à cause de la Garenne et des patientes explications que mon père n'a jamais cessé de nous fournir au sujet de la flore et de la faune.

Noël arrive. Papa et Maman hésitent à partir pour La Chartre en voiture, mais le froid et les risques de verglas les en découragent. En dépit du regret de laisser nos « mères », comme dit Maman, se morfondre sans nous à la Garenne, nous restons à Paris. La douce chaleur de la Salamandre, qui chauffe l'appartement, avec l'appoint d'un Mirus dans la chambre de nos parents et d'un second dans la nôtre, nous retient. Papa et Maman estiment bénéficier d'un bon confort dans notre appartement. A La Chartre, par exemple, il n'y a pas d'eau courante, pas de chauffage en dehors des cheminées. et nous faisons nos ablutions respectives dans le petit cabinet de toilette du premier étage où nous utilisons cuvette et brocs d'eau remplis à la pompe de la cour. Chez nous, en revanche, il y a bien entendu une salle de bains, fort étroite il est vrai, mais munie d'un chauffe-eau à gaz qui permet à toute la famille de prendre un bain par semaine, ce qui est un luxe. Chaque samedi soir nous l'allumons puis ma sœur et moi avons le droit d'entrer les premières dans l'eau chaude. Quand nous en avons terminé, Maman, bientôt suivie de Papa s'y lavent chacun leur tour. Après quoi, pour ne pas gaspiller l'eau, on y met tremper le linge de corps, celui qu'on n'emmène pas à La Chartre pour les grandes lessives. Ainsi, notre mère, qui a un sens aigu de l'économie, pense avec satisfaction agir pour le mieux. Dire simplement qu'elle s'entend à épargner est bien insuffisant.

Dépenser en toutes circonstances le moins d'argent possible est pour elle une sorte de sport où elle met tout son amour-propre et fait entrer beaucoup de fierté. Il lui arrive de parcourir à pied le long chemin qui la conduit « au fond de la rue Lecourbe » pour payer le beurre quelques sous de moins. Ses deux maximes favorites sont : « Un sou est un sou » et « Il n'y a pas de petites économies ». Elle fait la cuisine, ce qu'elle n'aime pas, uniquement parce que Raymonde (ou une autre) utiliserait, si elle la laissait agir, beaucoup trop de matière grasse, de lait ou de crème, qu'elle prélève elle-même à l'aide d'une cuiller sur le lait bouilli, sans jamais consentir à en acheter un pot. Le plus curieux est qu'en dépit de cette parcimonie, la cuisine de notre mère est bonne, même si les féculents sont bien plus souvent présents sur notre table que le beurre !

Noël a donc lieu à Paris. La messe de minuit à Saint-François-Xavier est grandiose et émouvante. Une très belle crèche nous retient longtemps devant elle, ma sœur et moi. Le lendemain matin, nous découvrons, comme de coutume et même depuis que nous ne croyons plus au père Noël, des jouets devant la cheminée du salon. J'y trouve un cheval en caoutchouc neigeux, à la crinière généreuse, décorée d'une étoile scintillante de papier d'argent découpé en fines lamelles. J'aime les chevaux à cause de Négrose. J'avais, depuis longtemps, aperçu ce magnifique pur-sang blanc à la devanture d'un marchand de jouets de la rue de Sèvres et je le désirais. Marraine a ajouté, pour Marie-Ange et pour moi, deux grandes et belles poupées aux épais cheveux blonds, ainsi que leur trousseau. Nos grands-mères, de leur côté, nous ont envoyé une petite école en bois avec des écolières en celluloïd, assises sur les bancs d'une classe où il ne manque ni le tableau noir ni la carte de géographie. Nous ne savons pas encore que ce sera, hélas, le dernier cadeau de Mama...

Le premier janvier passe, qui nous conduit en 1931 sans réjouissances particulières, si ce n'est la boîte de marrons glacés que Papa nous offre traditionnellement pour le nouvel an. Puis mon anniversaire arrive à son tour : neuf ans ! Je suis née un vendredi treize janvier et, à cette occasion, Maman donne un goûter où sont conviées mes meilleures amies du lycée. De nouveau, nous nous déguisons grâce à de somptueuses coupes de tissu données à Marraine par une couturière de ses relations.

Au début de février, un coup de téléphone vient rompre la trame paisible de nos jours. La cabine téléphonique qui dessert l'immeuble est située au rez-de-chaussée, en face de la loge de la concierge. C'est cette dernière qui va dans la cour appeler celui des locataires qu'on demande. Cet après-midi-là, qui est un jeudi, nous sommes à la maison en train de découper des figurines de mode dans un catalogue du « Bon Marché » afin de confectionner des personnages pour une de mes futures histoires, quand la voix impérieuse de la concierge, qui crie notre nom à tous les échos, nous précipite à la fenêtre. Maman répond et descend en maugréant nos cinq étages.

Quand elle remonte, elle est bouleversée.

— Que va dire Papa ? Comment va-t-il supporter une pareille nouvelle ? demande-t-elle en se laissant tomber sur un des fauteuils Louis XIII qui encadrent la cheminée de la salle à manger.

Marie-Ange et moi restons interdites. Que se passe-t-il donc ?

— Mama est morte cette nuit. Une mauvaise bronchite...

Je me sauve en larmes et vais enfouir mon chagrin au fond du couloir, derrière l'armoire normande, dans un coin obscur où des vêtements vieillis, qui servent encore parfois à Papa, sont pendus à un portemanteau. C'est là, dans l'odeur paternelle, que j'ai pris l'habitude de me cacher quand j'ai de la peine.

J'aimais beaucoup Mama. Je savais qu'elle était malade. Depuis son exil à La Chartre, nous la voyions souvent prendre des fumigations de plantes séchées pour se soulager d'un emphysème tenace. Papa assurait qu'elle avait pris froid, peu après son veuvage, dans une église glaciale où elle avait été prier pour l'âme de son mari. Que tout le mal venait de là. Mais Marraine disait que l'humidité de la vallée du

Loir n'était pas bonne pour une personne qui avait les bronches fragiles...

Je pleure en frottant ma figure contre une veste en tweed gris que mon père a longtemps affectionnée. Que fera-t-il en apprenant la mort de sa mère ? Que dira-t-il ? Va-t-il pleurer, lui aussi ?

C'est la première fois que la mort m'atteint à travers un être qui m'est cher. Je revois Mama à la Garenne, me racontant des histoires, m'apprenant à lire, me consolant quand j'avais été grondée. Je sais que Marie-Ange préfère Mémé, mais moi je préférais Mama dont les beaux cheveux blancs avaient si tristement jauni durant les longues soirées passées auprès du feu morose de la cuisine où elle se réfugiait en hiver... Et le souvenir du velours noir qu'elle portait au cou avec tant de grâce m'obsède sans que je sache pourquoi.

Quand Papa revient du bureau, Maman nous écarte et l'entraîne vers leur chambre dont elle referme résolument la porte derrière eux.

Marie-Ange est venue me chercher dans mon coin, m'a prise par la main, m'a embrassée sans rien dire. Nous nous serrons l'une contre l'autre, inquiètes, intimidées, ne sachant comment nous comporter dans une circonstance aussi exceptionnelle. Nous allons trouver Raymonde aux yeux et au nez aussi ronds les uns que l'autre qui nous parle de la fin de sa propre mère, emportée à quarante ans, elle aussi par une bronchite, et ne cesse de répéter : « C'est peu de chose que de nous ! »

Quand nos parents sortent de leur chambre, Papa est grave, abattu, ses paupières sont rougies et sa voix tremble lorsqu'il s'adresse à nous pour nous parler de Mama, mais son ton est doux, affectueux, sans manifestations impressionnantes. Il évoque celle qui n'est plus avec une infinie tendresse et beaucoup de pudeur.

— Elle m'avait écrit dans sa dernière lettre : « J'ai vu en rêve mes deux petites-filles en deuil et je sais qu'il s'agissait du mien. » Vous voyez, mes chéries, vous aurez occupé ses dernières pensées avant qu'elle ne nous quitte.

Maman intervient :

— Nous allons partir quelques jours pour La Chartre, votre père et moi. Je vais demander à Dol de venir vous garder pendant notre absence.

— Oui, ajoute Papa, elle devrait pouvoir obtenir de son ministère une semaine de mise en disponibilité qu'elle s'arrangera bien pour rattraper à un moment ou à un autre.

C'est ainsi que la perte de Mama nous vaut un étrange intermède où peine et agrément ne cessent de se succéder.

Songer à Mama, prier pour elle tous les soirs avant de nous endormir, imaginer son enterrement dans le cimetière de La Chartre, qui surplombe la ville et doit être glacial en cette saison, m'attriste beaucoup, mais la présence tendre et complice de Marraine, les visites, soudain multipliées, de Lulu, les passages plus nombreux de Jacques me réjouissent.

Mon cœur balance entre la tristesse et l'effervescence où me plonge la fréquentation retrouvée du couple qui me fait tant rêver.

Lulu fredonne une rengaine à la mode : *Ce n'est que votre main, Madame...* qui s'associe peu à peu dans mon esprit à la mort de Mama. Parenthèse inattendue, la semaine que je vis ne ressemble à aucune autre. Marraine nous aide à faire nos devoirs, s'occupe de nous avec adresse et affection, sans jamais peser, et je pense que Jacques a bien de la chance d'avoir une mère pareille. Je le dis à Marraine. Elle me contrecarre aussitôt et, un soir où nous sommes toutes trois dans l'appartement calme, après que Raymonde est montée se coucher, Marraine entreprend de nous parler de Maman, de son courage et de son énergie. Elle nous raconte comment notre mère a servi comme infirmière durant toute la guerre de 14, cette « Grande Guerre » qui a marqué si durablement ceux qui l'ont vécue, y compris ceux qui ne combattaient pas. Engagée volontaire dès le début des hostilités dans les services de la Croix-Rouge qui disposaient d'un hôpital auxiliaire chez les Petites Sœurs des Pauvres, à La Chartre, Maman avait choisi de soigner les soldats dont la plupart de ses compagnes se détournaient : les pieds gelés et les typhiques.

— Tu comprends, disait-elle alors en riant à Marraine, les uns, dont les pieds se décomposent, empestent et les autres sont contagieux ! Celles qui acceptent avec enthousiasme de panser les blessés rechignent à l'idée de s'occuper des hommes qui ont la fièvre typhoïde ou les orteils pourris ! Moi, tu le sais, je ne suis pas dégoûtée et je ne crains pas la contagion !

Intrépide et obstinée, Maman avait même refusé d'être vaccinée contre l'épidémie, assurant aux médecins que les vaccins la rendraient bien plus malade que ne pourraient jamais le faire les microbes !

Marraine continue.

— Après la victoire de 1918, le responsable local de la Croix-Rouge a proposé Berthe pour la médaille accordée aux infirmières qui s'étaient illustrées pendant la guerre par leur dévouement et leur bravoure. Votre mère a commencé par refuser d'assister à la remise officielle des croix, organisée à la mairie de La Chartre, en disant qu'elle n'avait fait que son devoir et qu'on n'avait pas à l'en récompenser. Quelque temps après, quand le maire et le délégué de la Croix-Rouge se sont déplacés pour elle et qu'ils lui ont apporté, solennellement, sa décoration à domicile, elle s'est sauvée à la Garenne pour échapper à un honneur qu'elle jugeait intempestif. C'est votre grand-mère qui a reçu la médaille à sa place !

J'ai déjà entendu cette histoire dont Maman parle parfois devant nous à La Chartre quand elle se réunit avec certaines de ses amies, engagées comme elle pendant la guerre dans les services de la Croix-Rouge. Mais grâce au récit de Marraine, je comprends mieux ce qu'il y a d'exceptionnel dans l'attitude de la jeune fille courageuse et frondeuse que fut notre mère avant son mariage. Je suis heureuse de pouvoir l'admirer.

La semaine s'écoule non sans que je remarque que Jacques et Lulu semblent s'être parfaitement retrouvés. Je les surprends, deux ou trois fois, en train de s'embrasser dans le salon où nous ne nous tenons pas souvent et j'en ressens une joie vengeresse, comme si ces baisers étaient une victoire remportée sur un ennemi !

La veille du retour de nos parents, qui est un samedi, jour où Jacques ne travaille que le matin, Lulu et lui décident de nous emmener visiter le musée Grévin. Cet après-midi est pour moi un moment de grande découverte et me produit une très vive impression. Certaines scènes sont si bien reproduites qu'elles me bouleversent. Celle où je découvre la tête tranchée et sanglante de la princesse de Lamballe présentée à travers une étroite fenêtre de prison à la famille royale horrifiée me frappe au plus haut point. Je me jure de ne jamais l'oublier.

Le lendemain, Papa et Maman rentrent de La Chartre. C'est le cœur battant que nous courons vers eux dès que nous entendons le bruit de la clé dans la serrure. Ils sont graves tous deux. Papa est sombre, Maman tendue. Ils nous embrassent avec tendresse mais notre père ne s'attarde pas auprès de nous et va s'enfermer dans la chambre du fond. Maman explique à Marraine qu'il ne se pardonne pas de ne pas s'être rendu à La Chartre pour Noël et, surtout, d'avoir été absent, loin du chevet de sa mère, durant les derniers moments de sa fin solitaire.

— Quand elle est morte, il n'y avait personne auprès d'elle, dit Maman. Elle avait terriblement toussé et suffoqué durant la nuit et mon oncle était parti chercher une nouvelle fois le médecin pendant que Mémé prenait un peu de repos.

— Je comprends Marcel, soupire Marraine. Avant que vous ne soyez mariés, sa mère et lui ont vécu très proches l'un de l'autre et Mama n'a eu qu'un amour dans sa vie : son fils !

Maman s'assied.

— Je n'ai jamais vu une aussi belle morte, dit-elle encore. Son visage était détendu, lisse, pur comme si elle était redevenue jeune. Avec ses cheveux blancs, sa pâleur et sa distinction, elle ressemblait à une reine...

— Il a dû faire bien froid au cimetière, remarque Marraine.

— Il gelait. La terre était dure et glacée. Les fossoyeurs ont eu beaucoup de mal à creuser le sol devant notre caveau pour y introduire le cercueil.

J'écoute et je tremble. Pendant l'enterrement de Mama, j'écoutais Lulu chanter des chansons à la mode et je m'intéressais à ses amours avec Jacques ! Je suis une mauvaise fille !

Marraine, qui voit mon air coupable, me

prend sur ses genoux, me câline un moment, puis elle va chercher ses affaires et nous quitte pour regagner le petit appartement qu'elle occupe bien loin de notre quartier, à Auteuil, en compagnie de Jacques.

— Allez jouer, mes reinettes, nous dit Maman. Mais je vous en prie, soyez sages, ne faites pas de bruit. Pensez au chagrin de Papa.

Marie-Ange et moi regagnons notre chambre où nous décidons de nous distraire avec les figurines découpées par nos soins dans les catalogues des grands magasins. Depuis un certain temps, ce jeu nous passionne. Hommes, femmes, enfants et même quelques animaux nous fournissent des personnages que nous entassons dans une boîte à chaussures d'où nous les extrayons pour les utiliser dans toutes sortes d'histoires échevelées que j'invente au fur et à mesure. L'inspiration aidant, je me lance, ce soir-là, dans le récit d'une aventure extravagante où deux fées jalousées par un affreux nain triomphent à la fin de leur ennemi. Je me prends au jeu, je multiplie les complications, je crie, nous nous enflammons toutes deux et poussons bientôt des hurlements entrecoupés de fous rires libérateurs.

C'est alors qu'une tornade s'abat sur nous. La porte de notre chambre s'ouvre sous une poussée brutale et Papa entre comme un furieux. Il s'empare de la boîte remplie de nos découpages et la jette avec violence à travers la pièce, puis nous saisit chacune par le bras, nous traîne vers la chambre du fond en traversant, au milieu de nos pleurs, la salle à manger où Raymonde est occupée à mettre le couvert. Elle s'arrête, médusée, en voyant notre père, blanc de colère, qui nous tient d'une poigne sans pitié.

Parvenus dans la chambre qui fut celle de Mama, où est posée à présent sur la cheminée une photo de notre grand-mère avec son doux sourire, il nous intime l'ordre de nous mettre à genoux devant elle et de lui demander pardon. Ce que nous faisons aussitôt, Marie-Ange et moi. Mais nous n'en sommes pas quittes pour autant. Quand nous nous relevons, Papa nous entraîne violemment vers la salle à manger où Maman, qui sort de la cuisine, nous rejoint aussitôt. Et là, devant elle, il nous accable de sa fureur en nous traitant de filles ingrates, sans cœur, sans cervelle, aussi méchantes qu'oublieuses et dépourvues de la moindre sensibilité. Jamais je n'ai vu Papa dans une telle rage. Je sanglote éperdument, écrasée de honte et de remords. Marie-Ange pleure aussi, mais je sais pour l'avoir souvent constaté que ma sœur possède une grande capacité d'endurance et que les tempêtes glissent sur elle comme l'eau sur les plumes d'un canard.

Le dîner qui suit est un moment abominable. Le ressentiment paternel ne s'apaise nullement durant le repas et je ne peux avaler une bouchée tant j'ai la gorge serrée. Maman, qui ne manifeste jamais d'habitude d'opposition quand il arrive à Papa de nous gronder avec sa modération coutumière, lui lance ce soir des regards remplis de désapprobation et va jusqu'à poser sa main sur celle de son époux afin de tenter de le calmer. Mais rien n'y fait. Il continue à tonner, à cultiver sa fureur, à nous accuser. Je sens bien que notre faute ne méritait pas un tel châtiment et je suis partagée entre un sentiment d'injustice et l'horreur de ma légèreté, mais les deux conjugués n'allègent en rien mon immense désarroi...

Je vais me coucher avec l'impression d'un désespoir sans fond, comme si j'étais perdue au cœur d'un typhon terrifiant, et mes draps ne tardent pas à être trempés de mes larmes.

VIII

Après ce terrible événement, je retrouve mon calme mais garde une crainte toute nouvelle de mon père. Non que je l'aime moins, bien qu'il ait perdu à mes yeux un peu du prestige que m'inspiraient jusque-là une sérénité et un sens de l'exacte mesure qui me paraissaient admirables, mais je le sais à présent capable de violence et d'injustice. Je l'aime autant, seulement j'ai peur de lui, de cette fureur déchaînée qui fait si mal... Nous portons tous quatre un deuil rigoureux. Maman a cousu un voile de crêpe noir à son chapeau et nos vêtements à Marie-Ange et à moi sont de la même couleur. Chaussures, chaussettes, robes et manteaux, tout est noir. Bien entendu, Papa en fait autant et ne met plus que des cravates aussi sombres que son chagrin.

Ce cruel mois de février s'égrène, jour après jour. Bien qu'il soit le plus court de l'année, il me semble fort long... Avec le mois de mars et l'approche du printemps un espoir hésitant, non dénué d'un reste d'inquiétude, s'annonce à l'horizon.

Notre père demeure triste et douloureux, mais, petit à petit, il recommence à s'intéresser par moments à autre chose qu'à sa peine. Maman le presse de reprendre les promenades en auto que nous avions inaugurées pendant l'automne précédent. Avec les jours plus longs, nous repartons chaque dimanche en expédition aux environs de Paris. Le parc de Versailles, les forêts de Rambouillet, de Saint-Germain-en-Laye, de Fontainebleau et même le bois de Meudon nous offrent tour à tour l'occasion de randonnées où nous pique-niquons quand le temps le permet, herborisons avec soin et emmenons parfois avec nous certaines de nos petites amies du lycée Duruy ou les enfants de nos voisins de palier, Hubert et Monique, dont les parents ne conduisent pas.

En leur compagnie, nous recommençons à oser rire et nous amuser devant notre père. Nous nous lançons dans des courses éperdues et grimpons comme des fous au sommet de quelques-uns des rochers de Fontainebleau.

1931 est une année pluvieuse. A partir d'avril la pluie s'installe avec entêtement. Le printemps que nous attendions impatiemment est noyé dans l'eau et nos promenades sont interrompues. C'est sous une espèce de déluge que nous partons pour La Chartre au moment des vacances de Pâques et le voyage, ponctué de plusieurs crevaisons, est un vrai cauchemar. L'arrivée à la Garenne est sinistre. Il pleut et Mama nous manque terriblement. Je la revois, à la fin de septembre, nous disant adieu devant le portail, et Papa, de son côté, doit évoquer à chaque instant son absence et sa fin dans cette maison où elle est morte. Je n'ose pas le regarder quand nous embrassons tous Mémé qui me semble tassée et vieillie depuis l'hiver. Nous avons pourtant droit à un peu de soleil le jour de Pâques et la Garenne, où fleurissent primevères et narcisses, redevient mon paradis.

Mais le mauvais temps ne nous laisse guère de répit. Ce sont donc deux semaines humides et grises, couleur de deuil, que nous vivons en dépit des soins attentifs de Mémé. Au bout de quinze jours, nous quittons La Chartre avec pour la première fois une sorte de soulagement.

Il y a des années néfastes. Celle-ci doit en être une. Un dimanche après-midi d'avril alors qu'il est venu avec Marraine nous voir comme de coutume, Jacques nous annonce qu'il ne nous rejoindra pas à la Garenne cet été. Il part avec des amis faire un voyage en Espagne.

— Nous y passerons tout le mois d'août, explique-t-il à mes parents. Nous aurons sans doute la chance de trouver le soleil en Andalousie.

Cette déclaration me fait l'effet d'une catastrophe. S'il ne vient pas à La Chartre selon son habitude, Jacques doit avoir une bonne raison de fuir Lulu. Mais laquelle ? Ils avaient pourtant l'air si amoureux, tous deux, durant leurs différents passages à la maison, en février !

Je surprends entre mes parents un échange de regards qui me confirme dans mon sentiment. Certainement, il s'est produit ces derniers temps un fait que j'ignore. Quoi donc ? Aucune rumeur n'a filtré jusqu'à mes oreilles, pourtant largement ouvertes dès qu'il s'agit de Jacques et de Lulu. Les Pongalant sont-ils intervenus ?

Je cesse vite de me tourmenter. Un événement d'importance a lieu en mai : l'ouverture de l'Exposition coloniale. Tout le monde en parle. Nos parents nous y conduisent plusieurs fois et, à chacune de nos visites à la Porte de Vincennes, nous revenons tous, petits et grands, enthousiasmés par nos découvertes. Marraine et Jacques nous y accompagnent parfois et partagent notre émerveillement devant la reconstitution admirable du temple d'Angkor Vat, par exemple, qui nous révèle des splendeurs insoupçonnées. Les villages nègres, aussi bien que les pagodes indochinoises, les mosquées marocaines ou algériennes nous font également ouvrir de grands yeux ravis. Ce qui nous amuse le plus, ma sœur et moi, c'est le zoo de Vincennes, tout neuf et passionnant, ou bien de goûter aux rahat-lokoums poudrés d'un sucre glace qui nous dessine de superbes moustaches blanches. Marraine nous offre des parfums orientaux enfermés dans des flacons en forme d'amphores minuscules aux couleurs chatoyantes. Ce qui nous vaut d'être épouvantablement parfumées pendant plusieurs jours !

En dépit des charmes de l'Exposition coloniale, nous partons en vacances comme d'habitude le dernier jour de juin.

Mais l'absence de Mama, et celle de Jacques nous laissent une pénible impression de vide malgré l'affection de Mémé ou celle de Tonton, et les jeux retrouvés à la Garenne. De plus, nos parents sont repartis tous deux pour Paris. Cet été-là, nous voyons davantage nos petites cousines Nicole et Jacqueline qui sont de nouveau chez leur grand-mère, dans la vaste demeure qui règne sur la place du pays. Elle recèle bien des endroits étranges et mystérieux, cette maison ! Une cour fermée, des greniers à foin, une remise à calèches et autres attelages d'autrefois ; surtout une ancienne salle de jeux remplie de poupées vieillies aux têtes de porcelaine peinte, ainsi que des landaus d'osier pour les promener. Cette pièce dégage une odeur nostalgique, vaguement moisie, où traînent des relents venus du passé, des parfums de tissus fanés, de bouquets séchés, d'osier rompu, de maison où ont vécu bien des générations disparues...

Il pleut de nouveau fort souvent, trop souvent et Marraine arrive le quinze août au milieu d'un véritable déluge. Heureusement, elle prend les choses avec bonne humeur et invente toutes sortes d'amusements nouveaux pour nous aider à passer le temps. Nos parents viennent nous rejoindre le premier septembre, mais la chasse se trouve fort compromise par les intempéries. Papa ne peut s'y rendre que quelques jours par-ci, par-là, quand la pluie consent à faire trêve. Pour notre pauvre Lido aussi l'année est mauvaise et il reste plus souvent sur le paillasson de la véranda à regarder tomber l'eau, regrettant de ne pouvoir partir à l'aventure avec son maître. Il soupire à fendre l'âme durant les longues attentes qui lui sont imposées par le climat, mais revient déçu aussi quand une éclaircie a permis à Papa une expédition pas trop lointaine, car son odorat, si sûr d'ordinaire, ne décèle plus nettement les traces du gibier, noyées sous les trombes d'eau.

Pour couronner une année décidément funeste, nous sommes réveillés en pleine nuit par un terrible bruit. De la terre, des pierres, un flot de caillasse s'abattent dans la cour. Miné par les pluies continuelles l'escarpement qui surplombe la maison vient de s'écrouler sur nous !

Nous descendons tous l'escalier en courant, et nous nous rassemblons, ahuris, dans la salle à manger que nous éclairons. A la lumière de la suspension en fer forgé, nous constatons que le corps de logis est épargné et que la véranda n'a, semble-t-il, que quelques fêlures peu graves. En revanche, la cour est pleine de gravats et de boue.

En face, dans l'annexe, la chambre de Marraine est allumée. Je m'élance vers la porte en appelant de toutes mes forces.

— Je suis saine et sauve ! lance la voix

aimée. Ne vous tourmentez pas. Je n'ai rien.

Nous nous dévisageons alors incrédule face au désastre : Mémé en rustique chemise de toile écrue, Maman avec son vieux peignoir de crépon mauve jeté sur une chemise festonnée de son trousseau, Papa en chemise de nuit à pans flottants, ornée au col et aux poignets d'une grecque en fil rouge, sur laquelle il a enfilé à la hâte un pantalon, et Marie-Ange, tout comme moi, en pyjama à fleurs. Ma petite sœur pleure de frayeur. Je la prends dans mes bras pour lui expliquer que tout va bien puisque nous sommes indemnes.

— Avec toute cette eau, il fallait s'attendre, un jour ou l'autre, à un glissement de terrain, remarque Papa, fataliste.

— Comment aurions-nous pu prévoir une chose pareille ? rétorque Maman. Jamais la pente n'avait encore glissé. C'est bien la première fois que la terre s'affaisse.

Mémé baisse la tête.

— Maudite année ! dit-elle. Maudite maison ! Je le pensais déjà quand ton père vivait et que je le voyais rentrer ici d'une humeur massacrante, alors qu'à l'extérieur il était aimable avec tout le monde au point qu'on chantait partout ses louanges ! Maintenant, c'est la Garenne qui nous tombe dessus ! Encore une chance que nous n'ayons pas tous été écrasés sous l'avalanche !

— Voyons, Maman, vous exagérez ! proteste notre mère qui aime profondément sa maison.

Maman a toujours vouvoyé ses parents. Cela nous semble normal bien que nous tutoyions les nôtres.

A ce moment, Lido, qui couche dans l'écurie de la jument, se met à hurler à la mort...

Le lendemain matin, le jour se lève sur une vision d'effondrement et de désolation : rosiers en arceaux arrachés, arbustes et buissons déracinés, fleurs cultivées avec tendresse par notre grand-mère écrasées et, surtout, un grand pan du petit bois précipité sur les deux terrasses précédant le grenier et le poulailler.

La pente qui était verte et fleurie n'est plus qu'une plaie béante, un éboulis affreux de glaise mise à nu. Partout de la boue. La cour est dévastée, les bacs sont renversés, les plantes qu'ils contenaient cassées, broyées, submergées par cette fange grasse qui envahit tout. L'odeur de terre pénètre de fond en comble la maison. J'ai l'impression d'en avoir dans le nez et même dans la bouche.

Marraine est obligée de traverser l'espace ravagé avec des précautions d'hermine anxieuse de ne pas se souiller. La famille est accablée ; Maman elle-même en a les larmes aux yeux.

Il est vrai que c'est elle la propriétaire de tout cela : la Garenne, plusieurs immeubles de La Chartre, une grosse ferme des environs et divers prés ou vignes dispersés aux alentours lui ont été légués par sa grand-mère paternelle en de mémorables circonstances qu'elle aime à rappeler. Marie-Ange et moi l'avons souvent entendue raconter cette histoire. Peu de temps avant sa mort, cette aïeule, qui était de nature impérieuse, avait fait venir son fils unique, le père de Maman, et lui avait dit qu'elle le jugeait trop dépensier et trop casse-cou pour lui laisser ses biens. Elle avait décidé de l'écarter de sa succession pour ne tester qu'en faveur de sa petite-fille, Berthe, qui deviendrait ainsi héritière de sa fortune et de ses terres. Entre la vieille femme et sa seule descendante existaient en effet beaucoup d'affinités et une grande similitude de caractère. C'était elle qui avait élevé l'enfant de la manière possessive qui lui était propre, au grand dam de la mère véritable, ma pauvre Mémé, tenue à l'écart par sa despotique belle-mère. C'était ainsi que la jeune Berthe s'était retrouvée propriétaire à l'âge encore bien tendre de neuf ans. Comme déjà elle ne s'entendait guère avec son père, aussi volontaire et emporté qu'elle, l'affaire du legs maternel dont il se voyait dépouillé avait singulièrement alourdi le climat qui régnait entre eux. Et ce jusqu'à la mort du père de Maman, un peu avant la grande guerre.

— Il faut faire quelque chose, dit soudain notre mère, jamais longtemps abattue. On ne peut pas laisser la pente, la cour et les deux terrasses dans un état pareil !

— Nous aurons besoin de plusieurs hommes pour déblayer la terre éboulée, pour la charroyer et tout nettoyer, estime Papa. Nous pourrions d'ailleurs profiter de ces travaux pour faire creuser des plates-formes dans la pente. Elles serviraient de paliers et couperaient le passage à un éventuel glissement de terrain, hélas toujours possible dans l'avenir.

— Je vais aller voir le père Tachereau, décide Maman. C'est un bon maçon. Son équipe et lui ont déjà construit l'escalier de la cour. J'ai confiance en lui. Nous avons toujours été satisfaits de son travail et ses prix restent raisonnables.

Pendant tout le mois de septembre, jusqu'à notre départ pour Paris, nous sommes plongés dans la glaise, les déblais et les allées et venues des maçons qui retirent à la pelle les pierres, la terre et les divers débris qui jonchent le sol. C'est un ouvrage long et sale qui demande beaucoup de patience et de ténacité.

Certaines de nos relations chartraines s'offrent à nous secourir et c'est ainsi que nous voyons arriver un après-midi M. et Mme Pongalant. Mis au courant par Lulu et ceux de la petite bande qui, depuis l'effondrement, nous rendent souvent visite, ils nous proposent leurs services et nous invitent à nous rendre chez eux pour un goûter amical. L'absence de mon cousin apaisant toute velléité d'accrochage, le goûter dans le chalet des Pongalant se déroule tranquillement. Lulu se montre gaie et charmante avec nous et Gérard de Bailly n'a pas été invité, ce qui me fait plaisir. Pas davantage que sa sœur, Philippe ne parle de Jacques et je me dis avec mélancolie, au retour, que tout s'est passé cet après-midi-là comme si mon cousin n'avait jamais existé. Ce qui est ridicule et choquant. Je sais bien que Lulu et lui s'aiment. On ne peut pas cesser de s'aimer ainsi, brusquement, sans raison, parce qu'on est éloigné !

Décidément, cet été se résume en une série de déceptions et d'ennuis et je le vois se terminer sans véritable regret. Lido, lui-même, a l'air mélancolique. Quand nous repartons, le dernier jour de septembre, nous laissons derrière nous des travaux encore loin d'être achevés.

— Quel gâchis, cet éboulement ! soupire Mémé, en nous embrassant au moment du départ.

Il n'y a plus qu'elle et Tonton pour nous dire au revoir de la main quand la Ford s'éloigne et, tout d'un coup, les larmes me montent aux yeux au souvenir de l'année passée où une troisième silhouette agitait le bras à côté d'eux. J'en suis certaine, Papa y pense aussi.

Curieusement, l'affaissement de terrain, qui a bouleversé nos vacances, me permet de briller en classe de septième où je rentre cette année. Notre maîtresse, Mlle Roussel, nous donne comme sujet de rédaction, quelques jours après le premier octobre : « Racontez un souvenir de vacances. » Je me distingue de mes camarades qui parlent toutes de plages, de campagne, de parties de pêche ou d'excursions. Mon sujet est beaucoup plus original ! Je décris les affres de ma famille aux prises avec la catastrophe qu'est un éboulement comme celui que nous venons de subir. La mémoire en est toute fraîche et je n'ai qu'à raviver des souvenirs, des émotions, des peurs encore très proches pour trouver les mots justes.

Quinze jours plus tard, quand elle rend les devoirs, Mlle Roussel explique qu'une copie surpasse les autres par le choix d'un sujet exceptionnel et par la précision des termes qui le décrivent. Pour la première fois, j'entends lire tout haut le texte que j'ai écrit et je mesure bientôt le pouvoir qui en découle. Alors que nous sortons de classe, les autres élèves m'entourent, m'interrogent, me félicitent. Peut-être y en a-t-il même qui m'envient ! Je ne suis pas près d'oublier une réussite pareille !

A quelques jours de là, j'éprouve une nouvelle satisfaction. En revenant du lycée avec Marie-Ange et plusieurs petites amies de Duruy, j'aperçois tout d'un coup, à demi dissimulés dans une encoignure de porte, Jacques et Lulu qui s'embrassent. Que font-ils là tous les deux ? Peut-être le fameux cours du « Cordon bleu » n'est-il pas très loin et mon cousin va-t-il, parfois, chercher Lulu à la sortie. Nos camarades de classe ne remarquent rien. En ce doux mois d'octobre, où le beau temps est revenu, il y a beaucoup d'amoureux sur les bancs de l'avenue de Breteuil et derrière ses ronds bosquets de buis... Ce n'est pas un couple de plus à moitié caché par une porte cochère qui peut attirer leur attention. Et puis, elles ne connaissent pas plus mon cousin que Lulu. Aussi, je me garde bien de faire la moindre observation.

Depuis notre retour à Paris, Marraine et Jacques étaient revenus déjeuner à la maison le dimanche, mais lui ne nous avait parlé que de son voyage en Espagne, d'où il est rentré ébloui. J'en avais même conçu des soupçons, craignant qu'il n'ait rencontré là-bas quelque séduisante Espagnole dont il se serait épris.

Par bonheur, il semble qu'il n'en soit rien et une gaieté silencieuse m'envahit pendant que je continue à bavarder avec les autres filles du lycée. Marie-Ange, qui n'a pas les yeux dans sa poche, me fait discrètement une petite grimace de connivence et nous éclatons de rire au grand étonnement de nos compagnes.

IX

Aux vacances de Noël, nous ne manquons pas, cette fois, de partir pour La Chartre. Notre voyage ne se passe pas bien. La Ford marche de plus en plus mal et il nous faut en descendre afin de l'alléger quand les côtes sont trop rudes, si nous voulons qu'elle les grimpe jusqu'au bout ! Papa est fort contrarié et décide de vendre la pauvre voiture fatiguée pour en acheter une autre, d'occasion bien entendu, au printemps. Parvenus à la Garenne, nous constatons avec satisfaction que les dégâts causés par l'éboulement ont été réparés. La pente bénéficie d'une nouvelle inclinaison plus douce et deux profonds paliers l'entaillent dans le sens de sa longueur. Ces plates-formes voulues par notre père serviront à protéger la maison de tout effondrement à venir.

— Nous avons replanté les rosiers en arceaux qui avaient été arrachés cet été, dit Mémé. Nous en avons même rajouté. Ils orneront tout le bas de la pente. Ce sera plus joli.

— Et vous avez remis dans la cour des bacs neufs pour l'an prochain ! s'exclame Maman avec reconnaissance. J'aime tant cette cour quand elle est fleurie !

Pour le moment, le froid ne permet pas de songer à de telles décorations extérieures, mais nous découvrons, dressé dans le bureau de Papa, un haut sapin de Noël dont la puissante odeur de résine imprègne toute la maison.

— Vous le décorerez comme vous voudrez, dit Mémé. Moi, je n'y connais rien !

Elle sourit avec malice et nous nous jetons dans ses bras pour l'embrasser.

Le lendemain matin, chaudement couvertes, ma sœur et moi grimpons avec anxiété jusqu'à notre cher petit bois. Hélas ! il s'est vu amputer de tout un morceau de terrain éboulé où se trouvait une allée circulaire qui le bornait harmonieusement. Au bout des sentiers interrompus, un grillage, maintenu par des pieux solides, prévient les tentatives imprudentes d'approche. Ce doit être une initiative de Tonton.

L'après-midi est consacré à la décoration de l'arbre de Noël. Nous avons acheté en ville des ornements en papier découpé, des « cheveux d'ange » et des étoiles scintillantes.

— A présent, il reste à accrocher les bougies que j'ai apportées de Paris, dit Maman qui conserve dans une boîte à gâteaux en fer toutes celles déjà utilisées pour nos anniversaires.

En cire rose ou bleue, elles se fixent sur les

branches au moyen de petites pinces actionnées par un ressort.

— Il faudra faire très attention à ne pas mettre le feu aux aiguilles du sapin quand nous les allumerons, remarque Papa venu admirer notre ouvrage.

Nous partons dans une envolée de cloches pour la messe de minuit. C'est la première fois cette année que nous avons la permission d'accompagner Maman, Mémé et Tonton. Bien entendu, Papa reste à la maison. Quand nous venons de l'église de La Chartre, nous trouvons des cadeaux sous les branches du sapin et les bougies flamboyantes ont été allumées avec précaution par notre père toujours attentif à nous faire plaisir.

Les vacances sont meublées de marches à travers la campagne frileuse où les ornières sont gelées le long des chemins. Des vols de corbeaux planent au-dessus des champs, puis se posent soudain pour piquer on ne sait quoi de leurs gros becs cruels. Lido, qui ne nous quitte pas, les pourchasse comme un dératé en aboyant avec fureur, ce qui les force à s'envoler dans des claquements d'ailes, avant de se reposer plus loin. L'air de la vallée sent le froid et le gel. Pour nous réchauffer, Marie-Ange et moi courons à perdre haleine à travers notre Garenne hivernale et les champs attenants à la pâture de la jument. A la mauvaise saison, Négrose n'y est d'ailleurs que rarement. Mais, à ces courses folles, nous préférons encore la contemplation des grandes flambées que Mémé allume à notre intention dans la cheminée de la salle à manger. Toutes deux fascinées, nous nous blottissons auprès du feu et observons sans nous lasser la danse des flammes. Quand on y jette des pommes de pin bien sèches, l'odeur puissante de la résine se répand et s'allie aux exhalaisons de l'arbre de Noël pour parfumer toute la maison de senteurs sylvestres.

Chaque fois que je le peux, je m'assoie près du foyer pour lire. Je viens de commencer, sur les conseils de Papa, la lecture des *Trois Mousquetaires* qui me passionnent. D'Artagnan m'occupe à tel point que j'en oublie Jacques et Lulu.

En me couchant, c'est aux mousquetaires que je songe, ce qui me permet d'accepter sans broncher le froid de notre chambrette située sous le toit. Marie-Ange et moi ne disposons pour nous réchauffer dans nos lits jumeaux que de « moines » comme les appelle Mémé. Ce sont des cruchons en grès épais remplis d'eau très chaude que notre grand-mère glisse dans des enveloppes de toile pour qu'ils ne nous brûlent pas les pieds. Mais l'humidité de la maison est telle que ces bouillottes rustiques réchauffent mal les draps glacés.

Personne n'a encore osé s'approprier la chambre de Mama, demeurée vide depuis qu'elle s'y est éteinte l'hiver précédent. Maman nous promet cependant qu'elle va essayer de décider Papa à la faire retapisser au printemps afin de nous y installer toutes deux quand nous reviendrons pour Pâques. Cette perspective nous plaît mais nous intimide aussi. Cette pièce fermée est pour nous comme un sanctuaire et l'idée de l'occuper nous choque comme si nous allions commettre un sacrilège.

Les vacances finies, nous repartons tous quatre sur les routes froides de l'hiver. Sans doute piquée au vif parce qu'elle se sait condamnée, la Ford nous fait la surprise de ne tomber en panne qu'une seule fois sur la nationale du retour !

La nouvelle année 1932 est aussi celle de mes dix ans et je ne suis pas peu fière de me voir enfin parvenir aux deux chiffres ! J'ai tant envie de grandir, de devenir adulte ! Quand j'étais petite, je croyais que, le soir venu, et les enfants couchés, les grandes personnes sortaient en ville pour commencer une existence de fête, de luxe, de bonheur dont les plus jeunes étaient volontairement écartés. J'ai longtemps imaginé que, après nous avoir bordées, ma sœur et moi, nos parents s'en allaient loin de nous pour mener à leur guise une vie nocturne et secrète dont nous étions exclues. A présent je sais bien qu'il n'en est rien, mais je suis sûre que les « grands » connaissent d'immenses possibilités insoupçonnées de nous, d'inépuisables félicités que nous serons appelées à découvrir plus tard. D'où mon désir de vieillir le plus vite possible ! Aborder l'étape de ma première dizaine me semble très prometteur. Marie-Ange, elle, se trouve fort bien dans son état de petite fille. Elle ne me comprend pas. L'idée de devenir un jour une femme l'inquiète bien plus qu'elle ne la tente. Si je suis tellement désireuse de prendre de l'âge, c'est pour une raison que je tiens secrète : je me vois de plus en plus attirée par les questions touchant à l'amour. Ces choses qui laissent ma petite sœur indifférente. Je pense de plus en plus souvent aux relations amoureuses. C'est sans doute à cause de l'exemple de mes parents. Mais c'est aussi, tout simplement, dans ma nature. L'amour m'attire comme l'abeille est attirée par la fleur.

Mon anniversaire tombant un dimanche, mon cousin et Marraine sont présents en ce bienheureux jour. Selon l'habitude nous avons décidé de nous déguiser. Marraine m'offre donc un magnifique costume de mousquetaire, alors que ma sœur est travestie en bohémienne.

Sous couleur de venir m'embrasser pour la circonstance, Lulu ne tarde pas à sonner à notre porte... Je me sens aussitôt plus passionnée par la façon dont elle parle avec Jacques que par mon bel uniforme de d'Artagnan !

Jacques et Lulu bavardent alors avec Marraine et nos parents. Ils disent avoir vu (peut-être ensemble ?) le dernier film de René Clair, *Le Million*, qu'ils préfèrent l'un et l'autre à *L'Opéra de quat'sous* que j'avais été voir, ainsi que nous le faisons le plus souvent, le samedi après-midi, en famille. Ils rient ensuite à propos d'un nouveau chanteur, Tino Rossi, dont la voix de guimauve ne leur plaît pas, puis tombent d'accord pour louer les chansons de Jean Nohain, dit « Jaboune », que je connais bien pour l'avoir entendu à la T.S.F. et dont une certaine Mireille compose, paraît-il, avec grand talent, la musique.

J'écoute Jacques et Lulu avec un immense intérêt, fait de curiosité et d'admiration. J'ai tant de choses à apprendre d'eux ! Ils sont mes modèles !

Je remarque aussi, car rien de ce qui les touche ne m'échappe, que tout en conversant, ils se sont arrangés pour s'asseoir l'un près de l'autre sur le canapé du salon, que leurs doigts se frôlent d'abord avant que leurs mains ne se recouvrent ensuite, amoureusement.

Le second trimestre s'écoule sans incident majeur. Mlle Roussel, mon institutrice, lit assez souvent à haute voix mes rédactions et je n'en suis pas peu fière.

Aux alentours de la mi-carême, Maman décide de prendre, toute seule, le train pour La Chartre. C'est un événement ! Elle part surveiller les travaux de peinture effectués à notre intention dans l'ancienne chambre de Mama que Papa a finalement consenti à nous accorder. Durant les vacances de Noël, Maman avait en effet déniché un jeune apprenti peintre, fils d'un de ses locataires, qui pouvait effectuer ce travail pour une somme très modique. Il lui faut à présent se rendre compte par elle-même du résultat obtenu.

Le jour de son retour, nous marchons avec Papa jusqu'à la gare Montparnasse pour l'accueillir. Chargée de victuailles diverses, elle nous revient enchantée de son voyage. La chambre est, dit-elle, beaucoup plus claire avec un charmant papier fleuri qui la transforme du tout au tout. Nos deux divans y ont été descendus et elle va chercher à la salle des ventes de Drouot, qu'elle fréquente avec assiduité, une armoire ancienne pour que nous puissions ranger nos affaires.

Tout en écoutant Maman parler, je songe à cette pièce du temps où Mama y vivait. Quand elle avait quitté Paris, pour libérer la chambre du fond, Papa avait fait tendre la future retraite de sa mère d'un étrange tissu choisi par elle-même. Il lui rappelait, disait-elle, les tentures d'un de ses anciens logis. Dans les tons bistre et vert éteint, il représentait une sorte de forêt tropicale où poussait une végétation exubérante. Des oiseaux exotiques y volaient parmi le feuillage. Cette décoration m'impressionnait et, en dépit de la tendresse que je vouais à Mama, je ne pénétrais jamais dans sa chambre sans une certaine gêne. J'avais trop d'imagination pour qu'un décor comme celui-là ne me parût pas inquiétant ! Tandis que Maman nous vante la gaieté de la pièce transformée pour Marie-Ange et moi, je ressens une sourde mélancolie. Je sais que Maman n'aimait guère sa belle-mère et je pense qu'elle doit à présent être assez satisfaite d'un changement qui anéantit le souvenir de la disparue. Je me dis : « C'est un peu comme si Mama mourait de nouveau. Il n'y a plus trace de son passage à la Garenne ! » et je regarde en direction de Papa. Il semble absent. Ses yeux errent sur les voyageurs qui déambulent, sur l'agitation de la gare Montparnasse et se perdent en direction de la sortie.

— Nous allons prendre un taxi, dit-il, quand Maman cesse de parler. Chargée comme tu l'es, il ne peut pas être question de rentrer à pied.

Nous nous dirigeons vers l'emplacement réservé aux taxis sans qu'il ajoute un mot.

La montée conduisant à la gare Montparnasse passe sous un tunnel de briques rouges enfumées par la proximité des trains. Il est assez court mais éventé et les bruits de moteur y résonnent et s'y amplifient curieusement, ce qui nous amuse, Marie-Ange et moi.

Les vacances de Pâques arrivent enfin. La joie de repartir vers la Garenne est doublée par la perspective de découvrir notre nouvelle chambre. Mais une surprise de taille nous attend avant notre départ ! Sans nous en parler, comme il l'avait déjà fait pour la Ford qu'il a vendue, Papa vient d'acquérir une nouvelle voiture. Cette fois-ci, il s'agit d'une Peugeot bleu marine, beaucoup plus longue et plus logeable que l'autre, ce qui plaît bien entendu à Maman qui a toujours tant de choses à transporter. La voiture comporte six places, car entre les sièges avant et arrière, deux strapontins pliants permettent d'accueillir des passagers supplémentaires.

— Je voudrais m'asseoir sur un strapontin, dit Marie-Ange.

— Moi aussi !

— Vous seriez mieux sur la banquette arrière, assure Maman. Surtout toi, Françoise, qui est si facilement malade. Tu seras plus près de la portière.

J'obéis et m'installe auprès de Raymonde qui fait la tête car elle s'est disputée avec Maman et doit nous quitter quand nous serons à La Chartre où habitent ses parents. Il paraît qu'elle recevait des garçons dans sa chambre du sixième !... Les jeunes bonnes que Maman engage ne restent jamais longtemps à son service. Au début, elle leur trouve toutes les qualités : « Je crois, cette fois-ci, être bien tombée », puis les choses se dégradent lentement au fil des jours et c'est toujours après des scènes violentes où toutes leurs imperfections leur sont jetées à la figure, que ces pauvres filles nous quittent sans esprit de retour.

La route se passe assez bien, malgré mes maux de cœur habituels, les arrêts forcés qu'ils entraînent et une pauvre petite vérification mécanique de rien du tout parce que le moteur chauffe plus qu'il ne devrait. Mais une seule alerte est un énorme progrès par rapport à la Ford et nous parvenons fièrement à La Chartre dans notre nouvel équipage.

A peine sorties de voiture et après avoir

embrassé à la hâte Mémé et Tonton, Marie-Ange et moi nous précipitons vers notre nouvelle chambre. Nous en ouvrons la porte avec émotion et nous arrêtons un instant sur le seuil, enchantées. La pièce semble plus grande, beaucoup plus lumineuse. Son papier fleuri, encadré par les peintures crème des plinthes, des fenêtres et de la porte, nous ravit par sa gaieté. Nous nous jetons sur les lits en criant de joie, ce qui nous vaut une violente scène de reproches maternels et deux bonnes fessées qui déclenchent mes larmes.

— Eh bien ! au moins, voici votre chambre baptisée ! lance Maman en quittant la pièce avec colère.

Dès le lendemain matin, Raymonde s'en va. Plusieurs candidates se présentent l'après-midi même et Maman engage une certaine Étiennette dont elle nous assure qu'elle lui a fait la meilleure impression. C'est une adolescente aux cheveux frisés, aux yeux malins, qui rit pour un oui ou un non. Je connais bien sa mère, l'ancienne nourrice de Jacques. Elle passe de temps en temps voir Mémé et parle toujours de son nourrisson d'autrefois avec attendrissement : « C'est le plus beau des petits gars à qui j'ai donné mon lait, aime-t-elle à répéter. Il avait des yeux comme des perles noires... »

Ces déclarations me font grand plaisir et je l'aime beaucoup en dépit d'une réputation de luronne qui ne doit pas être usurpée car j'ai entendu Maman affirmer à Papa que les neuf enfants de Marceline étaient sans doute tous de pères différents ! Cette confidence, qui n'était pas bien sûr destinée à mes oreilles, me plonge dans un abîme de réflexions.

Une fois nos parents repartis pour Paris, après le lundi de Pâques, nous apprenons à mieux connaître Étiennette qui est l'incarnation de la bonne humeur et qui nous chante à tue-tête des chansons à la mode, tout en nous balançant. Papa a eu en effet l'idée de nous faire installer deux balançoires suspendues à un solide portique de bois, à proximité du jardin potager, et nous balancer est devenu notre jeu favori. Mais on ne peut rester toute une journée à voler dans les airs. Heureusement, j'ai découvert un autre sujet d'intérêt ! Chaque soir, juste avant le coucher du soleil, passe, monté sur un solide cheval de labour, un jeune paysan costaud et roux. Ce garçon m'intrigue et mon imagination a vite fait de le transformer en noble chevalier chargé de mystère. Sans me faire voir, j'assiste à chacun de ses passages. Le portail de la cour comprend un petit volet mobile qu'on peut fermer ou entrebâiller à volonté pour voir qui se présente à la maison. En me haussant sur la pointe des pieds, je parviens, parce que je suis grande pour mon âge, à me mettre au niveau de l'étroit guichet que je me garde bien d'ouvrir en entier pour n'être pas aperçue de l'extérieur. Ainsi, chaque soir, je contemple mon séducteur inconnu, durant un instant qui me paraît affreusement court en dépit du pas lent et sonore du lourd cheval pommelé. C'est un moment de bref bonheur. Je me sens amoureuse, enfin amoureuse, d'un vrai garçon !

Marie-Ange, à qui mon manège n'a pas échappé, se moque de moi dès qu'elle me voit approcher du portail à l'heure où le soir renforce les parfums de la prairie toute proche. Cela m'est bien égal ! La seule chose qui m'ennuie c'est qu'elle ait décelé mon secret alors que je voudrais garder pour moi seule, en cachette, un émoi si nouveau et si délicieux.

X

De retour à Paris, je transpose l'attirance que m'inspire le beau paysan de La Chartre dans différentes histoires que je me raconte le soir avant de m'endormir. Pour prolonger les effets de ma jubilation secrète, j'ai mis au point une méthode infaillible. Mon lit est placé contre un mur séparant notre chambre du salon. Pour le décorer, Maman y a fait poser une haute et large glace biseautée au magnifique cadre mouluré et doré, qu'elle a acquise à la salle des ventes. Or, j'ai découvert qu'en posant mes mains sur le somptueux miroir si grand qu'il descend jusqu'à moi, le froid dégagé par sa surface lisse et glacée me tient longtemps éveillée. Grâce à ce stratagème, je m'endors plus tardivement que je ne le devrais et je peux, tout à loisir, songer à « lui » !

Mais, hélas, on ne vit pas que par l'imagination. Il me faut travailler le mieux possible pour passer en sixième l'an prochain, étape importante qui n'est pas sans m'angoisser. Entre les leçons particulières de calcul qu'un professeur vient me donner à domicile, puisque je suis brouillée avec les chiffres, et mon travail personnel en français, histoire ou sciences naturelles, plus le temps volé pour lire les histoires sans lesquelles je serais comme un poisson hors de l'eau, je n'arrête pas. En plus, il y a les cours de catéchisme, où je suis inscrite en compagnie de Marie-Ange. Notre paroisse de Saint-François-Xavier met une grande salle à la disposition des enfants en âge de préparer leur communion solennelle et c'est là que nous allons.

Maman est peu à peu parvenue à obtenir de Papa que nous recevions une formation chrétienne en vue de ce grand jour. Il a accepté, mais à une condition. Comme nous n'avons pas tout à fait deux ans de différence, ma sœur et moi, il tient à ce que nous fassions ensemble notre communion, ce qui lui évitera d'assister deux fois de suite à une cérémonie pour lui vide de sens. Il a fallu demander l'autorisation du curé de Saint-François-Xavier. Grâce à Mme Pongalant, qui connaît et convie souvent chez elle le premier vicaire de la paroisse, Maman a pu avoir la dispense d'âge indispensable. De la sorte, j'aurai onze ans et demi et Marie-Ange neuf et demi quand nous communierons pour la première fois. Certaines de nos amies ont déjà fait une communion privée, mais c'est là une nouveauté qui déplaît à Maman. Elle préfère de beaucoup rester fidèle aux habitudes de toujours.

— Je veux que mes filles éprouvent la même émotion que moi quand je me suis approchée pour la première fois de la Sainte Table, répète-t-elle souvent. C'était totalement nouveau et, à cause de ça, inoubliable ! Ce jour-là doit être le plus beau de la vie d'un enfant !

Pour une fois, je suis bien de son avis. Je m'intéresse beaucoup à ce que notre aumônier nous apprend au catéchisme. J'aime croire en Dieu et j'aime prier.

La fin de l'année scolaire survient très vite et l'examen de passage en sixième est une terrible et suppliciante épreuve. En dépit de mes mauvaises notes en calcul, mais grâce au français, je suis reçue de justesse. Je peux donc partir en vacances l'esprit libéré de tout souci.

Dès notre arrivée à la Garenne, je commence à espérer le passage du garçon et de son cheval, mais, en présence de nos parents, je n'ose pas le guetter ouvertement. Quand ils repartent deux jours plus tard pour Paris, nous les accompagnons dans la charrette anglaise jusqu'à la gare où Tonton les dépose. Je vois, cette fois, Papa et Maman nous quitter sans mélancolie et je songe en les embrassant que plus personne ne m'empêchera maintenant de me mettre à l'affût du pas d'un certain percheron à l'heure où le soir s'éteint. Mais c'est en vain que j'attends, à l'approche du crépuscule, le jeune paysan que je nomme en secret « Pierre », prénom qui me plaît. Il ne passe plus devant notre portail. Pourquoi ne vient-il plus jusqu'ici ? Est-ce à cause des travaux de remblai et de goudronnage entrepris depuis peu sur la route de Tours ? Je cultive ma peine avec soin et me déguise un jour en veuve, toute en jupons noirs et en voiles, pour afficher mes sentiments. Mémé ne comprend pas cette lubie et se moque de moi gentiment.

— De qui portes-tu le deuil ainsi trifflée ? me demande-t-elle. Aurais-tu perdu ton amoureux ?

Elle ne croit pas si bien dire ! Je m'enveloppe dans ma dignité et dans mes voiles et quitte cette grand-mère trop intuitive.

Dans l'espoir d'oublier ma déception, je me plonge sans tarder dans la suite des *Mousquetaires* et entame *Vingt Ans après*, où je retrouve avec soulagement mes héros favoris.

Au bout d'une quinzaine de jours, Marie-Ange me rejoint un après-midi dans le grenier où je me réfugie pour lire tranquillement.

— Il est revenu ! dit-elle d'un air goguenard.

— Qui donc ?

— Mais ton Pierre !

— Tu es folle !

— Pas du tout. Je l'ai vu passer hier soir, à son heure habituelle, sur son cheval.

— Et tu ne me l'as pas dit !

Je bondis sur ma sœur et la secoue. Elle se débat. Nous nous battons un moment et Marie-Ange prend l'avantage en me griffant le dessus de la main de ses ongles redoutables. Puis elle se sauve. C'est la première fois depuis très longtemps que nous nous bataillons avec autant de hargne. J'enveloppe ma main d'un mouchoir et, le soir venu, je me poste derrière l'étroit volet du portail. Sera-t-il vraiment là ? Mon cœur bat très fort quand j'assiste avec ravissement au passage de « Pierre » sur son percheron.

Marie-Ange ne vient pas se moquer de moi et je peux rêver en toute quiétude à ce garçon inconnu qui ne sait même pas que j'existe mais qui, j'en suis certaine, m'épousera un jour si je réussis à lui faire absorber une de mes mixtures magiques !

Jusqu'à l'arrivée de Marraine et de Jacques, je ne manque aucun de mes rendez-vous secrets, mais le quinze août survient et il me faut renoncer à ma furtive habitude si je ne veux pas que Marraine la découvre avec son flair habituel.

Papa et Maman sont là aussi, ce qui me rend prudente. Et puis, j'ai un autre sujet d'intérêt ! Si Jacques est revenu cette année passer ses vacances à la Garenne, ce ne peut être que poussé par le désir (et sans doute l'assurance) de retrouver Lulu ici. Jugeant que leurs amours à tous deux sont encore plus passionnantes que la vision, si fugitive, de mon cavalier, dont j'ai entendu raconter par Étiennette, qui le connaît, qu'il buvait et se moquait des femmes quand il était saoul, je décide de ne plus m'occuper de lui et de me consacrer à eux.

Le temps est beau depuis le début de l'été. La petite bande des amis de Jacques en profite pour multiplier les escapades de toutes sortes. Ce ne sont que balades en vélo, pique-niques, parties de bateau sur le Loir et danses en forêt. La petite torpédo jaune de Jacques est souvent mise à contribution par mon cousin qui s'en sert pour emmener avec lui Lulu et quelques autres passagers amateurs de vitesse. Malheureusement beaucoup de ces déplacements se font sans Marie-Ange et moi, ce qui nous désole. Nous nous consolons en jouant avec nos cousines et notre cher Lido.

Nos parents repartis pour Paris, Jacques et les siens se soucient enfin des « petites » comme ils disent. C'est ainsi qu'un après-midi, nous voilà embarquées, ma sœur et moi, dans le bateau à rames de Papa que Mémé a accepté de prêter une fois de plus à Jacques.

— Faites seulement attention à Françoise et à Marie-Ange, recommande-t-elle aux adolescents. Elles ne savent toujours pas nager. Qu'elles ne fassent pas d'imprudence !

Sous l'œil vigilant de Lulu, nous montons avec précaution dans l'embarcation et nous asseyons aux pieds des rameurs qui, au départ, se trouvent être Jacques et Jean Bourdereau. Philippe, le frère de Lulu, n'a pu venir avec nous. Il s'est fait une entorse la veille en tombant de vélo et doit rester allongé quelque temps. Solange et Jean le remplacent. Solange est une sportive toujours satisfaite de faire montre de son excellent entraînement physique et son cadet, en dépit de sa désagréable façon de sourire, est, comme dit Jacques en riant, un bon garçon très serviable. Nous sommes donc six en tout dans le bateau. Le groupe ne pouvant tenir au complet à l'intérieur de la barque, il a fallu faire un choix. Mon cousin a préféré les Bourdereau pour des raisons qui doivent l'arranger.

J'aime beaucoup voguer sur le Loir. Il est pour moi la rivière par excellence, il n'y en a pas d'autres à mes yeux. J'ai passé depuis toujours de longs moments, au lavoir, à le regarder couler, et je respire avec bonheur son odeur aquatique, où je distingue les bouffées fades dégagées par les nénuphars de la senteur poivrée des pieds de menthe sauvage qui croissent sur ses bords. Nous remontons le courant jusqu'à la Charrière en direction de Tréhet, petit hameau voisin dont les maisons s'alignent le long de la route qui va vers Couture.

Coincé entre le coteau sous lequel sont creusées des caves aux relents vineux et les prairies qui s'étendent à perte de vue sur son autre rive, le Loir, en cet endroit, est délicieusement ombragé. Des aulnes, des saules, des coudriers le bordent, s'inclinent sur son courant, caressent de leurs feuillages légers son eau glissante. Nous possédons là un pré vert où poussent des bouquets de saules têtards, des roseaux et où mes parents ont fait planter, le long de la rivière, une rangée de peupliers.

— Nous pourrions descendre ici, suggère Lulu au moment où nous longeons ce pré. Au moins nous serons sûrs de ne pas être embêtés par les propriétaires !

— Bonne idée, approuve Jacques. Accostons !

Un ponton vieillot, aux planches noircies, nous permet d'aborder sans difficulté.

— Il faut faire goûter les petites, dit alors Solange.

Elle tient à la main un sac en papier dans lequel Mémé a mis des tartines de pain beurrées et deux barres de chocolat.

— Allons à l'ombre des saules, décide Jacques. Les petites pourront s'y installer tranquillement.

Nous nous dirigeons tous vers les têtards feuillus sous lesquels un tronc d'arbre a été déposé pour servir de banc. A peine sommes-nous assis que Lulu se relève.

— Il y a, un peu plus loin, un pré qui appartient à mon oncle, lance-t-elle. Il paraît qu'il ne s'en occupe pas et l'abandonne aux ronces et aux orties. J'ai envie d'aller voir ce qu'il en est.

— On ne peut pas laisser Françoise et Marie-Ange toutes seules, soupire Solange.

— Restez donc avec elles, répond Lulu. Nous n'en avons pas pour longtemps, Jacques et moi !

Je l'aurais juré ! Je suis certaine que, durant la plupart de leurs balades, Jacques et Lulu s'arrangent ainsi pour s'isoler toutes les fois qu'ils le peuvent. L'absence de Philippe, qui veille d'ordinaire sur sa sœur, doit leur faire grand plaisir. A voir l'air résigné de Jean, suivant ses amis des yeux pendant qu'ils s'éloignent, je me dis qu'il semble accepter ce départ comme une fatalité. De toute évidence, une telle fuite ne le surprend pas et il ne cherche aucunement à l'entraver.

Nous goûtons, puis Solange et Jean jouent avec nous à cache-cache. Solange, qui est de nature appliquée et prend très au sérieux notre jeu, a soudain l'idée d'aller se dissimuler derrière le tronc foudroyé d'un énorme têtard. Elle en ressort bientôt en hurlant. Des guêpes l'environnent, furieuses, bourdonnantes, agressives.

— Il y a un essaim dans le tronc ! crie-t-elle en se sauvant à toutes jambes. Jean ! Fais quelque chose ! Protège-moi !

Affolées, nous courons à sa suite et la voyons, toujours ennuagée de guêpes, qui se dirige vers le Loir.

— Saute ! Jette-toi à l'eau ! C'est le seul moyen de t'en débarrasser ! lui lance son frère.

Sans hésiter, elle plonge avec sa jolie robe de toile bleu lavande. Privées de leur vengeance, les guêpes tournoient un court moment encore au-dessus de l'eau qui s'écoule avec le calme de l'indifférence, puis, renonçant, elles font demi-tour et retournent vers le têtard où loge l'essaim familier.

Quand Solange sort de l'eau, les cheveux collés, les jambes écorchées, les chaussures dégoulinantes et, surtout, le visage gonflé par plusieurs piqûres de guêpes, nous la rejoignons, très inquiets.

— Tu ne souffres pas trop ?

— J'ai la figure en feu ! Ces sales bêtes m'ont lardée !

— Il faut rentrer au plus vite et filer chez le pharmacien. Tu ne peux pas rester comme ça. Il doit y avoir des remèdes...

— Mais je suis trempée ! Je grelotte ! Moi qui m'enrhume si facilement, je vais prendre mal !

— Laisse-moi te frictionner. Il faut te sécher le plus vite possible. Il y a des serviettes en éponge dans le bateau. Mais un rhume n'est pas très grave à côté des piqûres de guêpes !

Jean court vers la barque, saute dedans, prend les serviettes, revient à toute vitesse et commence à frictionner sa sœur. Marie-Ange et moi nous y mettons aussi et frottons avec précaution les jambes écorchées par les ronces et les branchages épars dans le pré. Solange a retiré sa robe qui gît dans l'herbe à ses pieds. Elle porte en dessous un maillot de bain bleu marine à rayures blanches.

— Enveloppe-toi dans le drap de bain que voici. Il était dans la barque, sous les serviettes. Il est bien sec. Allonge-toi et reste tranquille. Je te ramène.

— Il faut attendre Jacques et Lulu ! On ne peut pas s'en aller sans eux !

— C'est vrai ! Je les avais oubliés ces deux-là ! Où sont-ils passés ?

— Je sais où est l'autre pré, celui de leur oncle. Je peux aller les chercher, dis-je avec empressement.

— Je vais avec toi ! s'écrie Marie-Ange.

— Non. Je préfère que tu restes avec nous, répond Jean. Tu risquerais de te blesser ou de te perdre. Tu es trop petite ! C'est déjà assez embêtant d'être éparpillés comme nous le sommes. Allez, Françoise, va vite !

Sans me faire prier, je m'élance et cours du plus vite que je peux.

Le pré du vieil oncle de Lulu n'est pas très loin du nôtre. J'y suis allée une ou deux fois avec les Pongalant. Il est fermé par une barrière blanche très reconnaissable. J'y arrive assez vite et ouvre la barrière sans difficulté, mais je ne vois ni mon cousin, ni Lulu. Je regarde de tous les côtés. Personne. Une idée me vient alors. Il y a, non loin du ponton, pareil à ceux qu'on trouve sur toutes les rives du Loir, une petite cabane en planches où les pêcheurs remisent leurs lignes et leur matériel. Peut-être y sont-ils. J'avance sans bruit jusqu'aux planches branlantes qui ferment l'étroit local et je colle mon œil à une des nombreuses fissures du bois.

Je ne m'étais pas trompée. Étendus l'un contre l'autre sur de vieux sacs abandonnés, Jacques et Lulu s'embrassent « à bouche que veux-tu », comme dirait Maman. Ils interrompent leurs caresses pour chuchoter, mais je n'entends pas ce qu'ils disent, tant ils parlent bas. Lulu remue cependant tout d'un coup la tête de gauche à droite et je distingue qu'elle dit: « Non, non... », d'un ton presque douloureux...

Je repars vers la barrière en marchant tout doucement, puis l'ouvre brusquement en faisant du bruit et reviens vers la cahute en criant très fort les noms des amoureux.

— Jacques! Lulu! Où êtes-vous? Venez vite! Solange a eu un accident!

Ils sortent très vite, décoiffés, les joues rouges, les yeux brillants.

— Qu'est-ce que tu dis?

Je raconte avec précipitation ce qui est arrivé à la pauvre Solange.

— Il faut rentrer à La Chartre. Jean dit qu'elle doit aller voir le pharmacien!

— Viens. Courons!

Dans notre pré, nous retrouvons Jean, Marie-Ange et Solange allongée sur l'herbe.

— Comment va-t-elle?

— Elle a sûrement de la fièvre. Son pouls bat très fort et elle délire un peu.

— Allons, partons, faisons vite! lance Jacques sans paraître se rendre compte que son absence et celle de Lulu les mettent dans une très embarrassante situation.

Jean soulève sa sœur avec précaution, l'assure dans ses bras et la porte jusqu'à la barque. Solange garde les yeux fermés. Sa figure est toute boursouflée et elle gémit doucement.

Je lui tiens la main. Nous revenons à force de rames jusqu'à l'embarcadère proche du lavoir. Personne ne parle. Je jette des coups d'œil en direction de Lulu et de Jacques, silencieux, eux aussi, et qui évitent de se regarder. Les dents serrées, mon cousin manie les avirons avec une violence qui m'impressionne. Ensuite, tout va très vite. Jacques transporte Solange et Jean en torpédo non pas chez le pharmacien, mais chez le médecin qui soigne notre famille. Marie-Ange et moi demeurons à la maison avec Lulu et Marraine. L'une explique alors à l'autre ce qui est arrivé, en assurant que Jacques et elle n'ont été absents que le temps nécessaire pour constater les dégâts infligés par les négligences de son oncle au pré qui, hélas, lui appartient. Je sais que ce n'est pas vrai, mais je me tais.

Au bout d'un moment, Jacques revient, seul. Il a reconduit Jean et Solange chez eux. Cette dernière est maintenant couchée et veillée par sa mère. Mme Bourdereau est une amie de Maman qui la juge un peu « mollassonne ». Placide, elle doit faire une excellente garde-malade.

— Qu'a dit le docteur Viaux? demande Marraine.

— Il pense que, si la fièvre persiste, il faudra transporter Solange dans une clinique au Mans ou à Tours. En attendant il lui a fait deux piqûres pour calmer l'inflammation et la douleur. Ensuite il lui a enduit le visage avec du Tulle gras Lumière.

C'est un remède que je connais bien car Maman en met parfois sur mes écorchures quand je tombe sur les genoux, ce qui se produit assez souvent.

— Les piqûres de guêpes peuvent être dangereuses, reprend Marraine. Tu as bien fait d'aller voir ce médecin, plutôt qu'un simple pharmacien.

Jacques et Lulu évitent toujours de se regarder. Ils doivent avoir honte de s'être conduits comme ils l'ont fait alors que leur amie était victime d'un accident qui ne serait peut-être pas survenu s'ils n'étaient pas partis de leur côté.

Je songe que l'histoire va se répandre dans La Chartre et que chacun va se demander à quoi ils pouvaient bien s'occuper tous deux pendant ce temps-là. Lulu a l'air inquiète. Elle se mord les lèvres avec nervosité et tortille entre ses doigts le mince collier en pierres de jade qu'elle porte autour du cou. Elle aime le vert, la couleur qui convient le mieux à ses cheveux acajou clair.

— Je dois m'en aller, dit-elle soudain. Je ne veux pas rentrer trop tard à la maison.

— Veux-tu que je te raccompagne chez toi ? demande imprudemment Jacques en oubliant qu'ils se vouvoient d'habitude, ce qui est normal entre filles et garçons.

Marraine fronce les sourcils. Je regarde mon cousin avec surprise.

— Merci, répond Lulu qui s'est empourprée en entendant le tutoiement. Je vais reprendre ma bicyclette que j'ai laissée ici, dans le garage.

Jacques fait mine de la suivre, mais sa mère le regarde fixement et, pétrifié, il suspend son geste. Entre Marraine et lui, une gêne pesante s'est installée, nécessitant une explication. Je me sens en trop.

— Où est passée Marie-Ange ? dis-je en faisant semblant de m'apercevoir que ma sœur s'est absentée.

— Je crois qu'elle est partie jouer avec son chat... ou bien avec Lido, répond distraitement Marraine.

Je m'élance dehors et grimpe à la Garenne par les marches refaites depuis l'écroulement de l'an dernier. J'imagine que Jacques doit avoir du mal à s'expliquer devant Marraine et que le malheureux accident de Solange va sans doute déclencher bien des complications. Mais Lido surgit sur ces entrefaites, suivi de Marie-Ange qui m'appelle. Je cours jouer avec eux et laisse les grandes personnes régler leurs affaires entre elles.

XI

Je ne sais pas ce qu'ont pu se dire Jacques et Marraine mais, depuis deux jours, mon cousin me paraît nerveux et préoccupé. Il s'est rendu chez les Pongalant afin de prendre des nouvelles de Philippe que son entorse immobilise pour plusieurs jours encore. Je ne sais rien de plus. A-t-il revu Lulu ?

Solange, elle, a été transportée à Tours dans une clinique dont le chirurgien-chef est un ami des Bourdereau. Marraine m'a dit qu'elle devait y suivre un traitement contre l'empoisonnement de son sang par les piqûres de guêpes.

Le premier septembre, nos parents arrivent, comme de coutume, pour les vacances de Papa. Tonton nous emmène les chercher à la gare, Marie-Ange et moi, en fin de matinée. Je suis fort heureuse de les voir revenir. Depuis la malheureuse partie de bateau du pré de la Charrière, il me semble qu'à la maison l'air est plus lourd qu'auparavant. Un malaise plane. Grâce à ce retour, je me sens préservée, à l'abri des orages.

Quand je sais mes parents proches de moi, mon insouciance renaît.

Il n'y a pas que moi de contente ! Lido, qui flairait avec inquiétude l'atmosphère troublée de la maison, se livre à des manifestations de joie inhabituelle en retrouvant son maître. Il saute tout autour de lui, se dresse, pose les pattes de devant sur les épaules de Papa et le contemple avec adoration. Il n'ose pas lui lécher la figure mais il est aisé de deviner qu'il n'attend qu'un geste pour le faire.

Mon père est ému d'un tel accueil et caresse avec douceur le crâne plat et doux de son ami.

— Ce n'est plus de l'amour, c'est de la rage ! lance Maman en adressant à Papa un coup d'œil complice.

— De la rage, pour un chien, c'est bien dangereux, remarque Marraine. L'excès en tout est un défaut !

Elle soupire. Elle doit penser à Jacques et à Lulu. Mon cousin, du reste, ne se montre pas. Où est-il ?

Marie-Ange intervient alors.

— Solange a été piquée par des guêpes, dit-elle avec un petit air futé. Elle a failli mourir !

Marraine explique ce qui s'est passé dans le pré. Elle parle sobrement, sans mentionner la disparition des deux amoureux, absents quand s'est produit l'accident. Je ne dis rien non plus, mais ma sœur ne l'entend pas de cette oreille.

— Jacques et Lulu étaient partis ensemble au moment où Solange a été attaquée par les guêpes, reprend-elle. Ils nous ont fait perdre beaucoup de temps !

Papa et Maman se regardent mais ne font aucun commentaire.

— Nous allons monter dans notre chambre nous installer, dit Papa. Vous nous raconterez ensuite les petites histoires de La Chartre.

Nos parents entrent dans la maison.

— Ma chérie, explique doucement Marraine à Marie-Ange, ce n'était pas la peine de parler de Jacques et de Lulu. S'ils avaient été présents, les guêpes ne se seraient pas davantage gênées pour se jeter sur Solange.

— Mais, à cause d'eux, il a fallu attendre que Françoise aille les chercher. On n'a pas pu soigner Solange tout de suite !

Marraine a un geste d'agacement, rare chez elle.

— La logique des enfants est décidément imparable ! confie-t-elle à Tonton qui passe au même moment dans la cour.

Il tient Négrose par sa longe pour la conduire à la pâture. Je remarque qu'il est de plus en plus cassé par l'âge et le travail. Il opine de la tête et s'éloigne en soupirant vers la route de Tours. On vient enfin d'achever de la goudronner et les voitures en profitent pour rouler beaucoup plus vite, ce qui énerve la jument.

— Ils prennent le virage à des allures folles !

dit-il en franchissant le portail. Pourquoi sont-ils si pressés ?

Nos parents redescendent sans tarder. Comme il fait très chaud, Papa porte son canotier de paille blonde qu'il affectionne. Un ruban de gros-grain noir en orne la calotte. Pour être à son aise, il a enfilé une vieille veste de toile blanche assez avachie que je n'aime guère. Maman s'est contentée de mettre une robe de rayonne noire à pois blancs, car elle porte à présent un simple demi-deuil.

— Je vais voir à la cuisine ce que Mémé a préparé pour nous, dit-elle en sortant de la véranda.

Voûtée, creusée comme la cave dans le tuffeau sous la terrasse précédant le grenier, la cuisine sent bon le civet de lapin. C'est une des spécialités de notre grand-mère que Maman réussit également fort bien. Humer ces bonnes odeurs me donne déjà faim.

— Allons faire un tour à la Garenne avant le déjeuner, propose Papa.

Il siffle Lido qui sort aussitôt de l'écurie de la jument où il s'était mis au frais. Nous montons par les marches pour éviter la route qui n'est plus poussiéreuse à présent, mais davantage fréquentée. J'espère retrouver Jacques quelque part dans le jardin, mais je ne le vois ni dans le verger où les poires williams commencent à mûrir en attirant des guêpes, ni dans le potager, ni sur le gravier. Marie-Ange a repris le récit de l'accident de Solange que la vue des guêpes lui a rappelé. Papa l'écoute, lui pose quelques questions, mais je comprends que son opinion est faite et qu'il sait à quoi s'en tenir sur la disparition de Jacques et de Lulu. Lido court soudain comme un fou vers la maison verte, dont les charmilles ont été voici peu soigneusement taillées par le journalier que nos parents emploient.

— Il a sûrement senti un lapin, dit Papa en riant. La Garenne en est pleine et c'est un bon entraînement pour la chasse de demain !

Il tire la montre-oignon en or qui lui vient de son père et qu'il porte toujours, même à la campagne, dans une des petites poches de son gilet. Elle est retenue par une courte chaîne passant par une des boutonnières du léger vêtement de toile.

— Il est temps d'aller déjeuner, mes chéries, dit-il. Vous devez avoir grand-faim !

Lido sur les talons, nous redescendons vers la maison. Le feu aux joues, Maman sort de la cuisine.

— Cette fille est stupide ! s'écrie-t-elle sans se soucier de savoir si Étiennette l'entend. Elle n'a pas surveillé notre civet qui a failli brûler ! Il n'y avait presque plus de sauce dans la cocotte. Si je n'étais pas arrivée à temps, nous n'aurions plus eu à nous mettre sous la dent qu'un lapin sec comme l'âme d'un pendu !

Maman emploie souvent cette expression qui nous est très familière. Aussi je n'y fais guère attention, mais je me dis que les jours d'Étiennette à la maison sont comptés. Nous nous mettons à table. Mémé qui soignait ses poules, va d'abord se laver les mains à la pompe située devant la cuisine avant de nous rejoindre. Tonton en fait autant. Jacques est toujours absent. Marraine me semble angoissée. Elle a dû parler à Maman des amours de son fils et de Lulu, ce qui explique peut-être la nervosité de notre mère. Chacun est tendu autour de la table de famille et je me demande où mon cousin peut bien avoir disparu quand, tout à coup, nous entendons les freins d'une voiture hurler, puis un choc sourd.

— Le portail est resté ouvert ! s'écrie Maman.

Avant même que nous ayons eu le temps de nous lever, nous voyons notre Lido chancelant, qui revient de la route où il avait dû s'aventurer. Il titube, est obligé de s'y prendre à deux fois pour franchir le seuil de la véranda et, d'une démarche douloureuse, va poser sa tête sur les genoux de Papa. Du sang tache le doux pelage marron et blanc. Il regarde son maître qui ose à peine le caresser, gémit doucement, puis, dans un silence absolu, fait le tour de la table et pose sa tête sur les genoux de chacun de nous. L'un après l'autre. Je pleure et l'embrasse de tout mon cœur. Marie-Ange en fait autant. Dans le regard brun de notre ami vacille une lueur d'appel mêlée de résignation. Il se dirige vers le paillasson de l'entrée où il aime tant s'allonger, s'y couche avec peine, pousse un soupir et retombe sur le côté. C'est fini !

Nous sommes pétrifiés.

— Ces automobilistes, dit Tonton, d'ordinaire si paisible, je les massacrerais si je le pouvais.

Papa a les yeux pleins de larmes. Maman aussi, mais elle se lève d'un bond pour sortir, ce qui l'oblige à contourner le cadavre de Lido. Marie-Ange et moi sommes à genoux, sanglotant, à côté de lui.

— Quel est le misérable chauffard qui a tué ce pauvre animal ? s'écrie Maman en s'élançant vers le portail. Où est-il, cet assassin ?

Mais elle revient bientôt.

— Naturellement, il s'est enfui comme un lâche !

Nous sommes tous accablés par une profonde sensation de vide. Qu'allons-nous devenir sans Lido ? Je regarde en direction de Papa. Il est tout pâle. De ses yeux embués une larme, puis une autre, glissent sur ses joues pour se perdre dans sa courte moustache. Il retire ses lunettes soudain brouillées, les essuie, se lève, vient vers nous. Je songe qu'il n'a pas pleuré depuis la mort de Mama...

— Je ne ferai pas l'ouverture de la chasse demain, dit-il d'une voix blanche. Pas sans lui.

Il respire lentement, à fond.

— Je vais l'enterrer à la Garenne, reprend-il. Il y était si heureux !

Il se penche, prend entre ses bras la dépouille

ensanglantée de son compagnon et la porte avec précaution jusqu'aux marches, en évitant la route meurtrière. Nous le suivons, Marie-Ange et moi, toujours pleurant. Maman, Marraine, Tonton, Mémé nous emboîtent le pas.

Parvenu dans le verger, Papa s'arrête sous le noyer que Maman et lui ont planté au retour de leur voyage de noces, lorsqu'ils ont donné au jeune chiot le nom de Lido.

— Mon oncle, dit Papa, savez-vous où se trouve Maurice, le journalier ?

— Il doit être dans le potager, à attacher les tomates.

— Bien. Je vais le chercher pour qu'il creuse une fosse ici. Je tiens à ce que Lido dorme à cet endroit et pas ailleurs.

Une heure après, dans la terre grasse de la Garenne où s'ouvre un grand trou, nous déposons le corps sans vie de Lido. Maman l'a enveloppé dans un vieux drap propre et nous jetons, Marie-Ange et moi, des fleurs sur le drap. Puis le journalier referme la tombe. Je prie en silence pour que Lido soit reçu au paradis des chiens.

Les yeux gonflés, la tête brûlante, je quitte alors l'ombre du noyer et vais cueillir des dahlias, des reines-marguerites, des fougères et des roses dont je compose un gros bouquet que je porte sur la terre tassée à la pelle par Maurice. Il a eu l'idée de mettre tout autour de grosses pierres qu'il appelle des « perrons » et qui forment une clôture. Les grandes personnes sont reparties avant nous. Nous sommes seules, ma sœur et moi, quand nous voyons soudain surgir Jacques du chemin qui mène au cimetière. Il a l'air sombre et douloureux.

— Où étais-tu ? Tu n'as pas déjeuné avec nous. Tu ne sais même pas que Lido est mort…

Ma voix se casse.

— Décidément, tu n'es pas souvent là où il faut, remarque Marie-Ange.

— Qu'est-ce qui est arrivé à Lido ? demande Jacques qui semble émerger avec peine de ses préoccupations.

— Il a été écrasé par un chauffard, répond Marie-Ange en reprenant l'expression de Maman.

— Vous n'avez pas relevé le numéro de la voiture ?

— Nous ne l'avons même pas vue !

Je baisse la tête avec lassitude.

— C'est le bruit du choc que nous avons entendu, rien d'autre.

Jacques désigne la petite tombe où j'ai déposé le bouquet.

— Vous l'avez enterré là ?

— Oui. C'est Papa qui a choisi cette place.

— Sous le noyer des fiançailles, remarque Jacques qui s'assombrit de nouveau.

Je le prends par la main.

— Allons viens. Marraine va te faire une tartine de rillettes. Tu ne peux pas rester ainsi, le ventre creux !

Il hausse les épaules avec amertume.

— Je n'ai pas le cœur à manger !

Je ne reconnais plus mon cousin.

— Pourquoi ? Lulu t'a fait de la peine ?

Il dégage sa main d'un geste irrité.

— Tais-toi ! Tu ne sais pas de quoi tu parles !

J'ai envie de lui dire qu'il se trompe, mais je préfère me taire et nous redescendons en silence à la maison. Il doit penser qu'à mon âge, je ne songe qu'à jouer à la poupée. Décidément les adultes ne se souviennent de leur enfance que pour la trahir !

Nous découvrons Marraine assise dans la véranda, l'air soucieux.

— Mme Pongalant est arrivée comme nous redescendions de la Garenne, nous dit-elle en considérant son fils. Elle a demandé à Berthe de la voir seul à seul. Elles sont enfermées dans le bureau de Marcel. Leur conversation n'en finit pas.

Je regarde Jacques qui se laisse tomber sur une chaise, près de sa mère.

— Nous sommes perdus ! lance-t-il, accablé.

Marraine se penche vers lui.

— Qu'en sais-tu ? On peut imaginer tant de choses !

— On peut tout imaginer, en effet. Tout, sauf un arrangement. Tu connais les Pongalant !

Il semble vaincu d'avance.

Sans bruit, je me glisse dans la salle à manger, puis dans le couloir qui conduit au bureau de mon père. Je me colle contre la tapisserie de grosse toile qui représente des fleurs orangées sur fond écru. Marie-Ange est restée dans la salle à manger. Je suis seule. Mon cœur bat sourdement. Je tends l'oreille mais j'entends mal ce qui se dit de l'autre côté de la cloison. L'idée me vient alors de m'accroupir contre la porte vitrée du bureau. On ne peut me voir, et moi j'entends beaucoup mieux.

— Ces enfants sont très amoureux, plaide Maman. Jacques ne demanderait qu'à épouser Lulu.

— Tiens donc ! réplique Mme Pongalant. Ce serait tout bénéfice pour lui ! Mais il ne saurait en être question. Ma fille peut prétendre à de bien meilleurs partis.

— Ils s'aiment. Vous ne pouvez pas le nier.

— Pensez-vous ! Ils prennent tous deux leur amourette pour de l'amour. C'est là une erreur de jugement très courante à leur âge. Beaucoup d'entre nous sont tombés dans ce piège !

— Je vous prie de croire que ce n'est pas mon cas ! répond Maman, très digne. Moi, je n'ai connu qu'un seul amour !

Un silence. Les rumeurs qui courent à La Chartre sur la vie tumultueuse de cette femme, dont j'ai entendu parfois Maman parler avec certaines de ses amies, quand elles pensaient que j'étais occupée à jouer ailleurs, seraient-elles vraies ?

— Lulu m'a juré sur sa tête qu'entre votre filleul et elle rien d'irréparable ne s'était passé, reprend Mme Pongalant. Elle m'a dit exactement : « Nous nous sommes approchés du précipice, mais nous n'y sommes jamais tombés. » C'est clair et je l'ai crue.

— Vous avez bien fait, assure Maman. Jacques est loyal. On peut lui faire confiance. Il n'est peut-être pas du même monde que votre fille, mais il a le sens de l'honneur !

Et toc ! Je connais Maman. Elle doit avoir son regard bleu acier et je suis certaine qu'elle pense : « Au moins, je ne le lui ai pas envoyé dire et je le lui ai mis dans la main ! »

— De toute façon, la question est réglée à présent, conclut la visiteuse. Nous repartons pour Paris dans quinze jours. D'ici là, moins Lulu et le fils de Mme Andrieux se verront, mieux cela vaudra ! Je compte sur vous pour les en empêcher.

Un bruit de sièges remués m'arrache à mon écoute. Je recule doucement jusqu'à la porte du salon qui ferme mal et n'est jamais vraiment close. Je me glisse par son entrebâillement et me cache derrière le canapé. Bien m'en prend. Mme Pongalant et Maman pénètrent bientôt dans la pièce.

— Je préférerais sortir par la petite porte qui donne sur la rue, remarque alors la mère de Lulu qui a dû entendre les voix de Jacques et de Marraine dans la salle à manger. Il faut que notre entretien demeure secret.

Maman reconduit la visiteuse vers l'autre sortie, celle que nous n'empruntons presque jamais, tant nous avons l'habitude de passer par la cour pour nos allées et venues. Je me relève avec précaution et vais rejoindre mon cousin et Marraine.

— Où étais-tu donc ? demande celle-ci en me voyant réapparaître.

— Par-là, dis-je vaguement en montrant d'un geste le salon derrière moi.

Maman revient sur mes talons.

— Marcel avait raison, affirme-t-elle en secouant la tête. Les Pongalant ne veulent rien entendre. Mon pauvre enfant, tu n'es pas le gendre qu'ils ambitionnent pour leur fille !

— Qu'a-t-elle dit au juste ? demande Jacques sombrement.

Maman résume la conversation et termine en répétant les paroles de la mère de Lulu : elle exige que sa fille et mon cousin ne se voient plus avant la fin des vacances.

— Si tu crois que nous lui obéirons ! lance Jacques avec colère. Elle se met le doigt dans l'œil jusqu'au coude.

— Tu ne dois pas compromettre Lulu ! s'écrie Marraine. C'est une question d'honneur envers elle, mais aussi envers nous-mêmes. Comprends-moi, je suis blessée de te voir rejeté par ces gens. De nous voir ainsi écartés comme si nous étions des pestiférés. Promets-moi de ne plus chercher à la fréquenter. Jure-le-moi !

— C'est impossible !

— Mon fils, je t'en prie, renonces-y... pour l'amour de moi !

Marraine a les larmes aux yeux. Je voudrais l'embrasser, mais ce n'est pas le moment.

Jacques soupire. Les minutes s'étirent longuement.

— Si tu me le demandes comme ça, murmure-t-il enfin. Bon, je m'incline puisque tu y tiens tellement, mais dis-toi bien que c'est la rage au cœur.

Le regard noir de Jacques ne désarme pas. Il me paraît aussi plein de menaces pour les Pongalant que celui de d'Artagnan pour les gardes du Cardinal !

XII

Ainsi qu'il l'avait dit, Papa n'a pas voulu, cette année, faire l'ouverture de la chasse. C'est la première fois. Alors qu'on entend, de tous côtés, éclater les coups de fusil, il reste enfermé dans son bureau, à lire et à faire des comptes. C'est du moins ce que dit Maman qui veille à ce que nous ne fassions pas de bruit aux alentours.

Tous les matins, je monte à la Garenne porter des fleurs fraîches sur la tombe de Lido. Je change mes bouquets en signe de fidélité au meilleur de mes amis. Je veille aussi à ce que de mauvaises herbes n'envahissent pas la terre qui le recouvre.

Quelques jours passent, consacrés au souvenir de Lido, mais troublés par le chagrin de Jacques et celui de Marraine. Ils ont tous deux des mines affreuses et de larges cernes soulignent leurs yeux rougis.

— Ils se font de la bile..., dit Maman, soucieuse.

Un après-midi, alors qu'une légère pluie m'a chassée de la Garenne, je me réfugie au grenier où mes boîtes à chaussures remplies de personnages découpés attendent mon bon vouloir. Je commence à faire vivre mes figurines, lorsque la porte que j'ai fermée derrière moi s'ouvre soudain. Jacques pénètre dans mon royaume en même temps que dans mon histoire. Il me faut un certain temps pour émerger de l'univers imaginaire où je me sens si bien.

— Bonjour, ma Francette !

Ses yeux ne sont que peine et il semble avoir oublié la façon dont il me souriait « avant ». Il se tient un peu penché, à cause de sa taille et pour se rapprocher de moi, mais les épaules basses à cause de son chagrin.

— Francette, nous avons besoin de toi !

Je le considère avec gravité. Je devine sans peine ce que ce « nous » signifie et je n'hésite pas un instant.

— Que voulez-vous que je fasse ?

Jacques se laisse tomber sur un banc de bois placé contre la cloison séparant le grenier de la chambre de bonne.

— Il faut que tu nous aides à correspondre, Lulu et moi. Comme nos parents ne veulent plus que nous nous rencontrions, ici ou ailleurs, nous sommes obligés de nous écrire en cachette. Tu comprends, nous nous aimons tant !

Ils se fient à moi ! Une bouffée de fierté m'envahit.

Cette confiance soudaine m'enchante, mais je

me souviens qu'il n'y a pas si longtemps, Jacques m'avait lancé un « Tu ne sais pas de quoi tu parles ! » qui m'avait mortifiée. Toutefois, je préfère n'en rien dire.

— Pourrais-tu porter des billets à Marcelline, ma nourrice ? Tu la connais bien et tu sais où elle habite. Lulu les fera prendre chez elle par son jardinier, qui loge aussi dans notre rue. Comme ça, nous pourrons nous écrire.

— Et vous pourrez vous revoir !

— J'ai promis à Maman de n'en rien faire...

— Quand Mme Pongalant est venue l'autre jour, avec sa figure maigre et fanée sous son grand chapeau de paille noire, elle ressemblait à une vieille sorcière !

— Mais tu ne l'as pas vue...

— Je m'étais cachée dans le salon et je l'ai aperçue au passage.

Jacques soupire.

— Ça en sait des choses, les petites filles !

Faussement modeste, je baisse les yeux, puis les relève bien vite.

— Alors, cette lettre, où est-elle ?

Jacques sort de la poche de son pantalon de golf une enveloppe un peu froissée.

— La voilà.

Je la prends avec respect. Une lettre d'amour, ce n'est pas rien !

— Veux-tu que je la donne tout de suite à Marcelline ?

— Si ça ne te dérange pas...

Je hausse les épaules, flattée par ce respect.

— Penses-tu ! Mes histoires peuvent attendre !

Je glisse la petite enveloppe dans la poche de ma jupe écossaise à bretelles et je saisis la main de mon cousin.

— Attends-moi ici. Je n'en ai pas pour longtemps.

Marcelline habite dans notre rue, un peu plus bas, une pauvre maison dont une partie est creusée dans le tuffeau crayeux des bords du Loir. Elle n'a plus de nourrissons depuis longtemps, mais s'occupe de ses nombreux enfants et petits-enfants qu'elle garde tous ensemble dans un fouillis et un laisser-aller lamentables. Quand elle parle de Marcelline, Maman aime à répéter : « Toute sa marmaille n'est pas élevée, elle est nourrie ! »

Lorsque je pénètre dans la première des deux pièces qui donnent sur la rue, je me cogne à un berceau de bois où hurle un bébé congestionné et furieux parce qu'une des poules qui picorent le sol en terre battue vient de sauter sur la couverture douteuse qui le recouvre.

Marcelline survient, se précipite sur la poule effarée qu'elle chasse à grands coups de torchon, prend le bébé dans ses bras et le berce avec une soudaine douceur. La nourrice de Jacques porte toujours la coiffe de mousseline blanche à fond brodé des Sarthoises, un grand tablier bleu par-dessus son ample jupe et un corsage baleiné dont elle retrousse les manches sur ses bras tavelés de taches de son. Tous ses vêtements sont maculés de graisse et d'éclaboussures, ses mains ne sont pas trop propres, mais elle a un sourire frais et cordial, en dépit de son âge qui me paraît fort avancé. Ce qui est le plus remarquable dans sa figure large et ridée est sans conteste ses yeux. Des prunelles d'un bleu de pervenche, rieuses, coquines, pleines de malice, qui font dire à Papa que l'expression « n'avoir pas froid aux yeux » a dû être inventée pour cette femme au passé agité.

Une odeur de lait suri et d'urine émane du berceau mais aussi de toute la maison.

— Bonjour, mignonne, que me voulez-vous ?

— J'apporte une lettre de Jacques pour Lulu.

Instinctivement, j'ai baissé la voix.

— Ah ! Sa bonne amie !

Un grand rire.

— Il ne doit pas s'embêter avec elle ! On dit qu'elle tient de sa mère ! Une fameuse femme, celle-là !

Devant mon air interloqué, elle se reprend.

— Bon, je n'ai rien dit ! Donnez toujours votre lettre. Quand je verrai le jardinier des Pongalant, je la lui refilerai. A vous revoir, ma petite demoiselle !

Chassées un instant par le torchon de Marcelline, les poules reviennent picorer la terre battue de la pièce. Le bébé s'est calmé.

— C'est un de mes petits-fils. J'en ai je ne sais pas combien. J'ai renoncé à les compter !

Je souris à la nourrice de Jacques. Je l'aime

bien parce que je sais que mon cousin reste son nourrisson préféré. Puis je me sauve pour rentrer à la maison. Comme je cours sur le trottoir de la rue, le pas d'un cheval me fait lever la tête. Sur son percheron, face au soleil couchant, « Pierre » suit son chemin habituel. Je le croise maintenant avec indifférence.

J'arrive à la maison, grimpe au grenier et y retrouve Jacques, prostré sur son banc.

— Voilà ! J'ai remis ta lettre à Marcelline.

Une lueur d'espoir traverse les yeux noirs.

— Elle était seule ?

— Seule avec un bébé qui hurlait.

— L'essentiel est que ma lettre parvienne à Lulu. Je savais que je pouvais compter sur toi. Maintenant, je n'ai plus qu'à attendre.

Il se lève, marche vers moi, embrasse distraitement mes cheveux que je porte à présent avec une raie sur le côté et tenus par une barrette, puis quitte mon abri et prend l'escalier qui monte vers la Garenne. Je le regarde grimper les marches d'un pas alourdi. Comme il a changé ! Il y a très peu de temps encore, il était si vif, si gai, si allant... Songeuse, je me dis que l'amour n'est pas toujours drôle et que, au fond, j'ai peut-être tort de tant y rêver... Mais j'ai sans cesse sous les yeux l'exemple de mes parents. Ne sont-ils pas la preuve irrécusable, la preuve vivante que l'amour peut aussi être heureux ? Je me promets d'épouser plus tard un homme qui ressemblera à mon père, et je reprends le fil de mon histoire.

Deux jours s'écoulent, puis Marcelline se présente un beau matin à la maison. Ses yeux si clairs brillent d'amusement. Elle parle de choses et d'autres avec mes parents et subit sans broncher les récriminations de Maman qui se plaint d'Étiennette.

— Ce n'est pas un poil que votre fille a dans la main, lance notre mère avec mépris, c'est une perruque !

— Ma foi, répond Marcelline, c'est bien possible ! Vous n'avez qu'à la renvoyer si elle ne fait pas votre affaire.

Elle n'a pas l'air de s'émouvoir et se dirige avec calme vers la cuisine où Étiennette, les joues en feu, « rouspète » parce qu'elle n'arrive pas à allumer le papier de journal enfoncé dans l'étroit foyer de la cuisinière en fonte noire.

Jacques étant parti monter Négrose, je pense que Marcelline a peut-être une lettre à me remettre, mais comment quitter la table du petit déjeuner où nous sommes attablées, ma sœur et moi, en face de nos parents ? Je me hâte d'engloutir la large tartine de pain grillé que j'ai entamée, puis je demande à Maman la permission de sortir de table.

— Tu es bien pressée ce matin, remarque-t-elle. Finis au moins de boire ton café au lait !

Comme il ne saurait être question de désobéir à un ordre de Maman, j'avale le contenu de ma tasse aussi vite que possible, puis je me précipite dans la cour. Marie-Ange reste à sa place. Elle épluche des noisettes. Marcelline est toujours dans la cuisine, en grande conversation avec sa fille. Je l'attends sans en avoir l'air en jouant à la marelle pour me donner une contenance. Mémé sort alors de la petite étable, creusée elle aussi dans le tuffeau, en poussant devant elle à l'aide d'une baguette de bois ses deux chèvres aux yeux d'agate. Elles portent l'une et l'autre des muselières en toile de sac, nouées derrière leurs cornes, pour qu'elles ne broutent pas au passage les fleurs de la cour ou celles de la Garenne. Un jour, il faudra que je peigne en or ces belles cornes recourbées...

Marcelline revient au même moment de la cuisine.

— Alors, ma petite mignonne, me dit-elle en appuyant avec insistance sa main droite sur mon épaule, vous vous amusez bien ?

Je lui souris et réponds n'importe quoi pour lui laisser le temps de glisser un papier sous la bretelle de ma jupe écossaise.

— J'ai parlé à Étiennette, reprend la nourrice de Jacques en s'adressant, cette fois, à mes parents qui sortent de la véranda. Elle partira quand vous voudrez.

— Le temps d'en chercher une autre, dit Maman avec désinvolture. Je vais en toucher un mot à la mère Sourieau.

L'épicière du quartier connaît tout le monde. Sa boutique est un peu plus bas dans la rue, à côté de la forge où officie Vaudor le forgeron. J'aime beaucoup aller chez l'épicière qui vend des berlingots au citron merveilleusement acidulés mais je sais qu'elle est bavarde et que, dans sa boutique, on colporte bien des racontars. Je l'ai déjà vue chuchoter à l'oreille de certaines de ses clientes des remarques sans doute calomnieuses où le nom de Lulu et celui de sa mère étaient prononcés. L'emplacement de la boutique en fait un véritable centre de cancans !

Je ne manque jamais, ensuite, de passer chez Vaudor pour le voir remettre un fer à un cheval, dans une forte odeur de corne brûlée, ou tirer la tige de fer qui actionne l'énorme soufflet de sa forge. Quand il parle du forgeron, Papa a coutume de dire sans que je comprenne pourquoi : « le veau d'or est toujours debout ! », ce qui fait rire tout le monde sauf moi.

La mère Sourieau a tant de clients qu'elle ne manquera pas de trouver une remplaçante à la pauvre Étiennette qui chantait si gaiement en nous balançant, ma petite sœur et moi.

Mais pour l'instant, j'ai d'autres soucis ! Le papier que Marcelline a glissé sous la petite bretelle de ma jupe risque de se voir ou de tomber. D'un air aussi naturel que possible, je me dirige vers la chambre de Marraine qui est à sa toilette. Je grimpe sans me presser les marches de l'annexe, frappe doucement à la porte vitrée de la charmante pièce tapissée de toile de Jouy bleue où loge Marraine et entre dès que j'entends sa voix.

— Te voilà, ma chérie. Tu as un air bien mystérieux.

— C'est que Marcelline vient de me donner un billet pour Jacques.

Marraine soupire. Elle a les traits tirés et des rides creusent son beau front sous les légers cheveux blancs si bien coiffés et brillantinés.

— Où est-il ce billet ?

Je lui tends le papier plié en quatre et collé sur ses bords. Elle s'en empare et le pose sur la table de toilette-commode qui comporte trois tiroirs de rangement et un dessus de marbre blanc sur lequel sont alignés petits pots et eaux de toilette d'où s'exhalent à qui mieux mieux de troublants parfums.

— J'espère que cette correspondance entre Jacques et Lulu ne va pas encore compliquer les choses ! remarque Marraine d'un ton préoccupé. Je me fais déjà tant de souci pour eux !

Elle me caresse les cheveux.

— Te voilà mêlée bien jeune à toute cette histoire, ajoute-t-elle avec un triste sourire. Heureusement que tu es plus mûre que ton âge, ma pauvre chérie !

— Tu sais, il y a longtemps que je suis au courant de l'amour qu'il y a entre eux, dis-je avec élan. C'est si beau !

Marraine me considère avec attention.

— Tu es une enfant terriblement romanesque, ma Francette, constate-t-elle avec douceur. Plus tard, il faudra te méfier de ce penchant-là.

Elle réfléchit un instant.

— Allons, reprend-elle, retourne jouer, ma chérie. Berthe va se demander ce que nous avons de si long à nous dire toutes les deux. Il ne faudrait pas lui mettre la puce à l'oreille.

Heureuse de partager un tel secret avec Marraine, je l'embrasse et me sauve aussitôt. Dans la cour, Maman est en grande conversation avec Mémé qui vient de redescendre de la Garenne où elle a dû attacher ses chèvres dans le verger pour qu'elles y broutent. Marie-Ange se tient entre elles deux, son petit chat dans les bras.

— Il nous faut un autre chien, assure Maman.

— On pourrait en avoir un par tes fermiers, propose Mémé. Je sais qu'ils ont une portée de chiots épagneuls bretons à distribuer. Si tu veux, je pourrais atteler Négrose et partir après déjeuner pour la ferme.

— Il vaut mieux attendre un peu, dit Maman. La mort de Lido est trop récente. Dans quelques jours, l'envie de chasser aidant, Marcel ira peut-être lui-même chercher son nouveau chien.

Ainsi donc notre Lido va être remplacé, tout comme Étiennette ! Les choses vont vite, plus vite que je ne voudrais et je me sens triste en songeant à tous ces changements.

— Viens jouer à côté du fruitier, me dit Marie-Ange. Il fait trop chaud ici.

La chaleur monte en effet. Soudain, nous entendons résonner sur la route le pas d'un cheval.

— C'est sans doute Jacques ! lance Maman.

C'est bien lui. Il entre sans tarder dans la cour, attentif à ce que Négrose ne glisse pas sur le ciment. Il a l'air moins sombre que depuis la visite de Mme Pongalant. Aurait-il revu Lulu ? Je me garde bien de poser des questions et je suis Marie-Ange vers notre emplacement favori.

Quelques jours plus tard, Philippe Pongalant se présente à la maison de bonne heure. Il a l'air soucieux. Remis de son entorse, il ne lui en reste qu'une légère boiterie qu'il soulage à l'aide d'une solide canne à bout de caoutchouc. Il salue mes parents qui s'apprêtent à monter à la Garenne et demande à voir Jacques.

— Il n'est pas ici, répond Maman. Il a sellé tout à l'heure la jument pour aller je ne sais où. Tous les matins à présent il monte Négrose. Il essaie sans doute de distraire son chagrin.

Le frère de Lulu fait la grimace.

— Je crains plutôt que ce ne soit pour aller rejoindre ma sœur !

Maman devient toute rouge.

— Que dites-vous ? Ce n'est pas possible !

— Comment pouvez-vous croire une telle chose ? demande Papa.

Il a l'air choqué qu'on puisse soupçonner mon cousin d'une pareille déloyauté. Je me lève du fauteuil où je me suis installée dans la cour pour lire mon « gros livre » et vais me placer entre mes parents. Puis je saisis la main de mon père en signe de solidarité.

— Malheureusement, nous avons découvert dans la chambre de Lulu un billet où il était question de rendez-vous secrets, reprend Philippe. Le lieu où ils se rencontrent n'est pas indiqué mais il est certain que Jacques et Lulu continuent de se revoir.

Il a l'air aussi désolé que préoccupé, mais je songe que les Pongalant ont fouillé les affaires de leur fille et cela ne me paraît pas honnête, même pour des parents.

— Jacques était mon meilleur ami, reprend Philippe. Quelle déveine qu'il se soit amouraché de Lulu ! Avant cette malheureuse histoire, nos vacances étaient si agréables ! Mes parents sont furieux. Il faut les comprendre. Ma sœur se conduit comme une écervelée !

— Ces enfants s'aiment, affirme Maman ainsi qu'elle l'avait déjà dit à Mme Pongalant.

Philippe hausse les épaules.

— Ce n'est pas sérieux !

— Je crains bien que si, reprend Papa. Beaucoup plus sérieux que vous ne le pensez tous. Je peux témoigner du bouleversement de Jacques depuis la venue de votre mère ici. Il est affreusement malheureux.

Je serre de toutes mes forces la main de mon père.

— Tant pis ! lance Philippe. Tant pis pour lui ! Il compromet stupidement ma sœur alors que mes parents n'accepteront jamais qu'ils se marient. Il devrait y penser !

Le regard de Papa change aussitôt et se durcit.

— Jacques est un garçon travailleur et honnête ! Vos parents ne le jugent sans doute pas digne d'entrer dans votre famille ?

Philippe sent que le terrain est glissant et que, d'accusateur, il devient accusé.

— Je dois les retrouver ! lance-t-il avec fébrilité. Il faut les séparer le plus rapidement possible s'ils sont ensemble, comme j'ai tout lieu de le craindre !

Il salue mes parents qui lui répondent froidement et repart vers le portail en s'appuyant sur sa canne.

— Quel tintouin ! remarque Papa.

— N'en parlons pas à Dol, suggère Maman. Elle se fait déjà assez de mauvais sang comme ça !

Je serre les lèvres et me sens un peu coupable. En faisant passer les billets d'un amoureux à l'autre, ne suis-je pas responsable de leurs rendez-vous et le billet qui a été si indiscrètement lu par les Pongalant n'est-il pas, auparavant, passé entre mes mains ? Je commence à avoir peur de toute cette histoire.

XIII

Sur la route de Tours, à trois ou quatre kilomètres de La Chartre, nous possédons une vigne que mes parents, à ma naissance, ont nommée « la vigne Françou ». Située non loin de la ferme que Maman tient de sa grand-mère, cette vigne produit, aux dires des adultes, un bon petit vin rouge. Marie-Ange et moi avons déjà assisté aux vendanges et nous en conservons un joyeux souvenir. C'est pour nous une fête plus qu'une besogne, bien que nous y participions un peu en portant de grosses grappes violacées dans les paniers qu'on nous confie.

Placée entre deux champs de blé dépendant de notre ferme, la vigne est rectangulaire. Deux vieux poiriers plantés au bord de la route semblent en surveiller l'accès et une petite maison de pierre au toit de vieilles tuiles plates, la borne au bout des alignements de ceps tordus, soigneusement entretenus par Tonton et Maurice, le journalier.

S'occuper d'un vignoble est un labeur

constant. Nous voyons fort souvent notre oncle partir avec Maurice pour biner, herser, tailler, pincer, sulfater ou tout simplement désherber la vigne Françou. Ils s'y rendent toujours avec la jument, mais, dans ce cas-là, n'attellent pas Négrose à la charrette anglaise, préférant une carriole peinte en vert et assez usagée qui est réservée aux gros travaux. Quelques jours après la visite intempestive de Philippe Pongalant, Tonton est allé soigner notre vigne en vue des vendanges prochaines. D'ordinaire quand il revient vers cinq heures de l'après-midi, sa besogne achevée, il dépose au passage le journalier chez lui et rentre ensuite à la maison avec Négrose. Il commence toujours, après l'avoir dételée et ramenée à l'écurie, par panser la jument, avant de lui donner à boire, puis de lui offrir un bon picotin d'avoine et de remettre du foin dans son râtelier. Il remue ensuite la litière à l'aide d'une fourche et referme soigneusement la porte de l'écurie où Négrose va dormir debout, comme tous les chevaux. J'observe tout ça avec beaucoup d'intérêt. C'est seulement après qu'il vient se laver les mains à la pompe s'il veut monter à la Garenne. Mais, aujourd'hui, il entre dans la cuisine où Maman s'affaire devant la cuisinière de fonte. Étiennette est partie et sa jeune remplaçante, qui s'appelle Paulette, écoute avec déférence les recommandations de notre mère dont les premiers mots commencent par : « Mon enfant, pour votre gouverne... »

Je me trouve là, avec Marie-Ange, afin d'observer la « nouvelle » dont Maman pense, comme toujours, le plus grand bien. C'est la fille d'un fermier des environs de Couture qui lui a été recommandée par la mère Sourieau.

— Cette fois, je crois être bien tombée ! a dit Maman, imperturbable, quand elle a engagé Paulette.

Tonton s'approche de Maman et lui parle à l'oreille.

— Mon Dieu ! s'écrie-t-elle après l'avoir écouté. Jacques est devenu fou !

Elle s'est soudain empourprée et la chaleur que dégage le foyer de la cuisinière ne doit y être pour rien.

Qu'est-ce que mon cousin a encore bien pu faire ? L'oncle cligne les yeux pour faire remarquer à sa nièce qu'il serait peut-être bon de ne pas se laisser aller à témoigner ainsi son indignation devant les enfants et cette Paulette dont la discrétion n'est rien moins que sûre.

Maman opine du chef et sort de la cuisine en appelant « Marcel ! Marcel ! » comme on crie « au secours ! ».

— Papa est dans son bureau, assure Marie-Ange qui est toujours au courant de ce qui se passe dans la maison.

Maman se précipite vers la pièce où notre père aime tant à se tenir, mais avant de s'élancer, elle nous intime l'ordre de ne pas la suivre.

— Je voudrais bien savoir ce qui arrive, dis-je à ma sœur.

— Moi aussi…, avoue-t-elle, entraînée par mon exemple.

Nous réfléchissons rapidement.

— Allons derrière la porte du salon qui donne sur le petit couloir, en face du bureau de Papa…, dis-je dans un souffle.

Nous nous hâtons aussitôt vers cette porte et nous embusquons derrière elle. Heureusement pour nous, si la voix paternelle est sourde, celle de Maman porte loin. A notre arrivée, nous n'entendons rien qu'un murmure, ce qui prouve que notre père est en train de s'exprimer.

— Nom d'un petit bonhomme ! Je n'aurais pas cru Jacques capable de nous rouler pareillement ! lance Maman en réponse à ce que nous n'avons pu entendre. Tout ça pour Lulu ! Décidément, cette petite est effrontée comme un page ! Je suis certaine que c'est elle qui a eu l'idée des rendez-vous dans la maisonnette de la vigne…

La réponse de Papa est de nouveau inaudible.

— Tu as raison, répond Maman. L'amour l'a rendu fou. Lulu le fait tourner en bourrique ! Et puis c'est tout de même lui qui a pris la clé pour en faire un double. L'oncle est formel : s'il a bien retrouvé la nôtre ce matin à sa place, il avait pourtant remarqué l'autre semaine, pendant quelques jours, sa disparition. Il pensait qu'un de nous deux l'avait gardée par oubli dans une poche…

Un silence que rien ne trouble, pas même un souffle ni le moindre bruissement, succède à cette constatation. Nos parents doivent réfléchir l'un et l'autre.

— Mon oncle parle du désordre de la maisonnette et de la paille entassée devant la cheminée. Crois-tu que… ?

Nouveau murmure. Je songe à la pièce exiguë où nous rangeons les hottes des vendangeurs, à son sol grossièrement carrelé, à la petite fenêtre ouvrant sur les champs d'alentour et à l'étroite cheminée où Mémé allume un feu de bois quand les soirées sont fraîches… C'est donc là que Jacques a imaginé de donner rendez-vous à Lulu. L'odeur des cendres froides et les relents vaguement vineux des hottes devaient les environner quand ils s'embrassaient tous deux sur la paille.

Papa parle à nouveau.

— Je ne vais pas me gêner pour lui dire ma façon de penser ! s'écrie Maman. Tu peux en être certain. Tu me connais. Je n'ai pas l'habitude de mâcher mes mots !

Nouvelle intervention paternelle, toujours insaisissable.

— Comment veux-tu que je me taise ? Jacques nous doit une explication. C'est vrai qu'il ne faudrait pas alerter Dol. La pauvre est déjà assez tourmentée comme ça… Elle n'a jamais eu de chance dans la vie et la guigne semble toujours la poursuivre, quoi qu'elle fasse…

Je sais que Marraine a connu beaucoup de

vicissitudes et de déboires au cours de son existence. L'entrain, parfois un peu frivole, qu'elle affiche si souvent n'est en réalité qu'une forme de crânerie, un défi lancé à son triste destin. Maman et elle en parlent parfois devant moi. J'ai retenu ce qu'elles disent. Mariée au début de ce siècle sur un coup de cœur avec Paul, le père de Jacques, qui avait une belle voix et lui chantait des romances, Marraine s'était vite aperçue que son jeune mari se révélait faible, sans envergure et qu'il avait un certain penchant pour la boisson. Il buvait même plus qu'il n'aurait dû quand il était revenu, en 1918, du front où il avait servi comme ambulancier. Leur fils, Jacques, né avant la guerre de 14, avait grandi entre des parents désunis. Les choses allaient franchement mal pour le couple à la dérive lorsque Paul était soudain mort de la grippe espagnole qui faisait alors des ravages. C'est ensuite que Marraine avait obtenu pour subsister un modeste poste de secrétaire au ministère de la Guerre. Peu après la mort de son mari, elle avait rencontré un avocat dont elle s'était éprise. Cet homme aurait peut-être pu se montrer un compagnon sûr, si la terrible épidémie qui continuait à sévir ne l'avait, à son tour, emporté... Marraine avait beaucoup souffert, mais, en serrant les dents, elle avait alors décidé de se consacrer désormais à son fils et à lui seul...

Je pense à toute cette histoire et je perds le cours de la conversation qu'échangent nos parents. Enfin je reprends pied pour entendre Maman s'écrier :

— Bon, bon, je ne dirai rien. Mais c'est bien pour te faire plaisir ! J'aurais aimé river son clou à Jacques. Il s'est comporté avec nous comme un malotru ! C'est Philippe qui avait raison ! Mon filleul a trahi sa parole ! Il s'est parjuré !

De nouveau, Papa répond de sa voix sourde et je me dis que, sous ses airs impérieux, Maman finit toujours par se soumettre à son mari, parce qu'elle l'aime sans mesure et que c'est lui, en dépit des apparences, qui la convainc et prend les décisions essentielles.

Marie-Ange me touche le bras.

— Allons-nous-en, chuchote-t-elle.

Nous nous esquivons en silence et grimpons à la Garenne où je renouvelle encore une fois les fleurs sur la tombe de Lido. Mais j'ai la tête pleine de songeries...

Jacques, qui n'a pas pu monter Négrose aujourd'hui puisqu'elle était utilisée par Tonton, est assis sur un des bancs de l'allée de gravier. Quand nous le rejoignons, Marie-Ange et moi, il fait semblant de lire, un roman policier à la couverture jaune, avec un masque noir imprimé sur le dessus, mais j'ai bien vu qu'avant de nous entendre arriver vers lui, il avait le regard dans le vague et ne lisait pas.

— Lido me manque, dis-je avec un soupir.

— Tu l'aimais beaucoup ?

— Oui. Je sais que Maman pense à le

remplacer. Elle a demandé aux fermiers de la Cottinière de lui donner un jeune chiot épagneul de leur chienne qui en a, paraît-il, une portée, mais pour moi, ce ne sera plus jamais pareil. Lido est irremplaçable.

— Je comprends, assure Jacques. L'amour est exclusif.

Ce mot que je ne connais pas, j'en saisis parfaitement le sens tant il me paraît clair. Je m'approche de mon cousin et l'embrasse sur la joue, là où il a un grain de beauté noir-bleuté comme une prunelle.

Marie-Ange ouvre la bouche pour dire quelque chose, puis, après réflexion, la referme. De mon côté, je grille de poser une question. J'assure mon petit chapeau de paille sur ma tête et je demande d'un air naïf :

— Pourquoi est-ce que tu n'as pas monté Négrose aujourd'hui ?

— Parce que ton oncle l'avait prise ce matin pour l'atteler à la carriole.

— Ah oui ! C'est vrai. Il est allé ce matin à la vigne Françou !

Jacques rougit, se lève, met les mains dans les poches de son pantalon de golf pour que je ne remarque pas qu'elles tremblent et lance en s'éloignant :

— Je vais aller faire un tour en barque sur le Loir. J'ai besoin de tirer un peu sur les avirons. Ça me détendra.

Ma sœur et moi le regardons se diriger vers

la route et ouvrir le portail qui gémit de tous ses gonds rouillés.

— Il est très malheureux, dis-je avec un soupir avant d'ajouter : je voudrais bien savoir où est Lulu et ce qu'elle pense de tout ça...

— Laisse donc, s'impatiente Marie-Ange, tu te mêles de ce qui ne te regarde pas ! C'est pas nos oignons !

— Qu'est-ce que c'est nos oignons, alors ?

— Nos petites affaires à nous, pas celles des grands !

Elle a sans doute raison. J'attache trop d'importance aux amours de Jacques et de Lulu. Je ne trouve même plus le temps de me raconter des histoires avec mes personnages découpés dans les catalogues.

— Viens donc, allons nous balancer !

Je cours vers le portique et saute sur une des deux balançoires avec le regret du temps où Étiennette nous chantait de si belles chansons tout en nous poussant. Mais le jeu nous amuse trop pour que je m'attarde à de semblables souvenirs. Nous faisons un concours à celle qui montera le plus haut en se mettant debout sur la planche de bois et nous battons des records d'altitude. L'air nous fouette le visage, les couleurs vives des fleurs mêlées aux légumes dans les planches du potager voisin dansent devant nos yeux, nous nous sentons pleines de vie et de rires, nous oublions tout le reste !

Mémé passe avec ses chèvres muselées qui

ont brouté dans le verger depuis le matin. Leurs pis sont gonflés de lait.

— A la soupe ! nous crie notre grand-mère au passage. C'est bientôt l'heure du dîner. Ne soyez pas en retard. Je vous suis.

Nous laissons à regret derrière nous les balançoires vides qui continuent à osciller. Des senteurs de thym, de sarriette, de roses paysannes, de dahlias et de prunes mûres nous assaillent tandis que nous traversons le potager.

A la maison, nos parents, Marraine et Tonton, qui vient de redescendre du jardin où il taillait les allées du petit bois, sont réunis dans la salle à manger, l'air inquiet. Mémé est absente. Elle doit traire ses chèvres dans l'étable creusée à même le tuffeau car on entend le bruit des coups de pieds donnés par les biques contre le seau de fer.

— Vous n'avez pas vu Jacques ? demande Maman.

— Il était à la Garenne quand nous y sommes montées, mais il en est vite reparti en nous disant qu'il allait ramer sur le Loir.

— Mon Dieu ! s'écrie Marraine dès que j'ai fini de répondre. Pourvu qu'il ne lui soit rien arrivé !

— Pourquoi penser tout de suite à un accident ? proteste Papa. Il a oublié l'heure, tout simplement. Ce n'est pas la première fois qu'une telle chose se produit ces temps-ci ! Mettons-nous à table, ça l'attirera.

Nous commençons donc à dîner. Mais plus

le temps passe, plus l'angoisse nous envahit. Mémé revient de l'étable, se lave les mains, nous rejoint. Soudain, la cloche du portail tinte.

— Enfin le voilà ! s'écrie Marraine.

Mais ce n'est pas notre cousin qui entre dans la pièce. C'est Jean Bourdereau qui, l'air soucieux, pose son vélo contre la véranda et entre dans la pièce.

— Jacques est tombé à l'eau en cherchant à aborder au ponton d'un pré de la Charrière, dit-il tout à trac. Le bois en était pourri et s'est effrité sous son poids. Il a dû heurter un des piliers dans sa chute car il a une blessure à la tête.

— Mon Dieu ! s'écrie Marraine.

— Rassurez-vous. Un pêcheur à la ligne se trouvait non loin de là et a sorti Jacques de l'eau. Son petit garçon, qui l'accompagnait, a sauté sur le vélo qu'il avait apporté avec lui dans la barque et est venu nous prévenir parce qu'il connaît bien nos parents qui font parfois travailler son père au jardin.

— Où est Jacques ? demande Maman en jetant sa serviette sur la table et en se levant d'un élan. Où est-il maintenant ?

— Toujours dans le pré. Le pêcheur l'a étendu sur l'herbe, paraît-il.

— Marcel, allons-y ! s'écrie Maman. Prenons la voiture et allons le chercher. Dol, viens vite !

— Je pourrais atteler la jument..., propose Tonton.

— Laisse-les donc partir en voiture ! lance Mémé. Ils iront beaucoup plus vite !

— Et nous ? demande Marie-Ange.

— Vous, les enfants, attendez ici. Nous n'en avons pas pour longtemps, dit Maman. Nous le ramènerons dans cinq minutes. Jean, accompagnez-nous, s'il vous plaît.

Papa est déjà parti ouvrir la lourde porte de chêne du garage. Fébrilement, Marraine, Jean et Maman courent le rejoindre. La voiture vrombit et s'éloigne.

La gorge nouée, Marie-Ange et moi nous réfugions près de Mémé qui nous caresse les cheveux tout en marmonnant « Petits enfants, petits chagrins, grands enfants, grands chagrins ».

Un temps qui nous paraît très long s'écoule avant que le bruit du moteur de la Peugeot ne se fasse de nouveau entendre. Nous courons vers le portail et l'ouvrons précipitamment. Dans une nuée, le soleil se couche à l'ouest, assombrissant le ciel de septembre. La voiture s'arrête à notre hauteur. Papa et Maman en descendent aussitôt. A l'arrière la tête sur les genoux de sa mère, Jacques repose. Du sang coule de ses cheveux sur son front. Marraine l'essuie doucement avec son mouchoir tandis que Jean lui soutient les jambes. Il est évanoui.

— Transportons-le dans le salon le plus doucement possible, dit Papa. Jean, voulez-vous bien m'aider à le porter jusqu'au canapé ?

A eux deux, ils soulèvent le grand corps

inanimé et Tonton, que Maman a appelé à hauts cris, vient les seconder.

— Maintenant, il faut aller chercher le docteur Viaux, ajoute Maman. Lui seul pourra nous dire quoi faire.

— J'y cours, propose Jean Bourdereau. Je sais où le joindre, même la nuit. Depuis que Solange est revenue de Tours, il est toujours fourré à la maison.

— Je croyais qu'elle allait beaucoup mieux, remarque Mémé.

— Elle est guérie, mais il faut croire que le docteur s'intéresse beaucoup à elle...

Un sourire entendu découvre ses horribles gencives.

— Je file, termine-t-il.

Il reprend son vélo et disparaît.

— Savez-vous où se trouve le ponton pourri où Jacques cherchait à aborder ? demande à mi-voix Maman à sa mère.

— Ma foi, non.

— Sur le pré de l'oncle des Pongalant. Il a vraiment Lulu dans la peau ! murmure-t-elle en baissant soudain la voix parce qu'elle vient de remarquer que j'écoute ce qu'elle est en train de confier à Mémé.

Peu après, alors que nous nous tenons tous autour de Jacques qui commence à reprendre connaissance, le médecin survient. Il ausculte mon cousin, palpe la blessure située dans le cuir chevelu, déclare que rien de tout cela n'est bien grave, mais qu'il faut faire quelques points de suture dans l'épaisse chevelure dont l'eau du Loir a mis à mal la gomina.

— Je vais vous donner une potion pour vous faire dormir cette nuit, dit-il à Jacques. Demain matin, je reviendrai vous chercher en voiture pour vous conduire à mon cabinet où je procéderai à la pose des sutures indispensables. En attendant, je dois cautériser la plaie avec de la teinture d'iode. Je vous préviens, ça va cuire un peu ! Après je vous ferai un pansement autour du crâne. Heureusement, le vôtre est solide !

Mon cousin a un pâle sourire. Je cours vers Marraine et je l'embrasse de tout mon cœur. Elle me serre avec violence contre sa poitrine puis essuie d'un geste furtif une larme qui coule sur sa joue. A quoi songe-t-elle ? Je l'ignore, mais une sorte de crainte obscure me serre la gorge. J'ai le sentiment que nous venons de passer à côté d'un drame. Mais Jacques est sauvé. N'est-ce pas tout ce qui compte ?

XIV

Solange Bourdereau est à présent tout à fait rétablie. Sur son visage les piqûres de guêpes n'ont pas laissé de traces. Si nous ne voyons plus Lulu, en revanche, nous recevons assez souvent la visite de Jean et de Solange. Celle-ci semble vouloir remplacer l'absente auprès de Jacques qui se prête de mauvaise grâce à ses tentatives de séduction.

— Elle l'aime comme un clou à la fesse, remarque Mémé dont le langage est souvent vert, mais elle voudrait prendre la place de Lulu par amour-propre et par jalousie. Toutes les jeunes filles de sa petite bande souhaitent plus ou moins séduire notre Jacques et lui faire oublier Lulu !

— Peut-être, répond Papa, mais Solange ferait mieux de chercher à plaire au docteur Viaux. Jean nous a laissé entendre qu'il la jugeait à son goût.

Jacques va mieux. Le docteur lui a fait quelques points de suture sans que ce soit, paraît-il, trop douloureux. Maman l'oblige à demeurer allongé à la Garenne sur une chaise longue en osier. Marraine, bien sûr, nos parents, les divers membres de son groupe, consternés, nous deux enfin, nous relayons auprès de lui pour tenter de le distraire de son noir chagrin. Un jour, cependant, je me trouve seule avec notre blessé. Pour lui arracher un sourire, je lui ai amené le jeune chiot que Papa s'est décidé à aller chercher à la ferme le matin-même. C'est un épagneul marron et blanc qui a de bons yeux mais ne cesse de faire des bêtises. Je constate avec un soupir :

— Il est moins beau que Lido. Il n'y a pas de comparaison !

— Il n'est pas non plus de la même race, dit Jacques. Quand il sera grand, il ne sera pas mal, tu verras. Comment l'appelles-tu ?

— Papa a choisi Chocolat parce que ses taches sont couleur chocolat.

Au même moment le chiot commence à aboyer furieusement. Sa voix encore pointue, assez comique, me fait rire. Mais je m'interromps aussitôt : je viens de reconnaître Lulu qui pousse le portail gémissant et entre dans le jardin.

Jacques lui tourne le dos et ne peut pas la voir.

— Mon Dieu ! dis-je, éperdue, en mettant une main devant ma bouche.

Jacques se retourne.

— Toi !

Il a crié de joie.

— Il faut que je te parle. Je me suis arrangée pour que les autres ne nous dérangent pas. Ils se baignent tous avec Philippe.

Les yeux de Lulu brillent d'une sorte de fièvre. Une expression tendue, presque farouche, lui met le feu aux joues.

Je me sens de trop et, comme Chocolat continue à s'étrangler de fureur contre l'arrivante en tirant sur la laisse que je tiens à la main, je profite de l'agitation du chien pour m'élancer à sa suite dans une course éperdue. Nous empruntons ainsi l'allée du bas et je me réfugie dans la charmille verte où poussent et se multiplient les étranges fleurs blanc-vert aux pistils dardés. Je m'assieds sur un des bancs de bois puis caresse machinalement mon petit compagnon en parlant tout haut.

— Je me demande bien ce que Lulu avait de si urgent à dire à mon cousin. Elle paraissait tellement bizarre... Depuis que Jacques est tombé à l'eau, les gens de La Chartre ont dû beaucoup bavarder et raconter n'importe quoi... Elle a sûrement entendu parler de son accident. Ce doit être pour voir dans quel état il est qu'elle est venue...

Je me perds en suppositions, mais Chocolat s'impatiente et recommence à tirer sur sa laisse en poussant de courts jappements. Je sors avec précaution et regarde du côté du gravier où la conversation se poursuit entre Jacques et Lulu. Je les aperçois qui continuent à dialoguer, mais ils sont trop loin pour que j'entende ou même devine ce qui les occupe si passionnément. Déçue, je me décide à descendre à la maison en compagnie du jeune chien.

Dans l'escalier, je croise Marraine qui monte voir son fils.

— Jacques est avec Lulu ! dis-je, très excitée.

— Que dis-tu ?

— La vérité. Comme j'étais seule avec lui pour qu'il fasse la connaissance de Chocolat, Lulu est arrivée.

— Seigneur ! s'écrie Marraine, ils ont perdu la tête !

Elle a pâli tout d'un coup et elle est obligée de s'appuyer plus fortement sur la rampe de bois.

— Ne te fais pas de souci, Marraine, ils parlent comme de bons amis.

Elle hausse les épaules.

— Ils sont tout ce qu'on voudra, sauf de bons amis ! Jacques aime Lulu, tu le sais bien, et jamais il n'acceptera de renoncer à elle !

Je regarde Marraine d'un air navré et impuissant. Elle se penche vers moi, m'embrasse, puis fait demi-tour.

— Laissons-les s'expliquer en paix, conclut-elle. Si elle est ici malgré l'interdiction de ses parents, c'est qu'elle a quelque chose de vraiment important à lui dire. Je ne me sens pas le droit de m'en mêler.

Nous descendons ensemble les marches

creusées dans la terre glaiseuse de la pente et je vais attacher Chocolat à l'un des piliers en ciment de la cour. Mais une idée me trotte par la tête. Sans rien dire à qui que ce soit, je remonte aussitôt à la Garenne, je suis prestement l'allée du milieu et me réfugie bientôt à l'abri d'une épaisse touffe de lilas, non loin des amoureux qui parlent toujours. Et je regarde. Jacques est resté allongé sur la chaise longue, mais Lulu s'est assise tout près de lui, sur le bout du siège en osier.

— Je ne t'oublierai jamais, est-elle en train de dire quand j'arrive. Jamais, sois-en sûr. Mais je reconnais que mes parents ont raison : nous ne pouvons pas continuer à vivre comme des fuyards. Notre cachette de la vigne est connue. Dieu sait ce qu'on dit ! Puisque Gérard de Bailly accepte de m'épouser malgré le scandale et que mes parents me mettent en demeure de le faire, j'en passerai par là. Il le faut bien ! Tu dois me comprendre !

Un silence. Ils se taisent tous deux. Le visage de Jacques n'a plus de couleur. Lulu relève la tête d'un geste volontaire qui fait glisser sa barrette. Une mèche, toujours la même, glisse sur son œil. Elle la rejette d'un mouvement plein de défi.

— Je lui coûterai cher, à Gérard, je puis te l'assurer, mon amour, je lui coûterai cher, très cher, encore plus cher !

Elle se lève d'un mouvement souple, se

penche, embrasse Jacques sur les lèvres, longuement, puis se sauve en courant.

Pétrifiée, je vois mon cousin retomber sur le siège qui craque et pleurer comme un enfant... Je le regarde longuement, sans bouger. Moi aussi, j'ai envie de pleurer. Mais il ne faut pas qu'il m'entende ! Tout doucement, je m'en vais, en silence...

Le lendemain, Papa reçoit au courrier une lettre de l'abbé Pérignac, le premier vicaire de Saint-François-Xavier. Ami des Pongalant, il vient ainsi parfois, en été, passer quelques jours de vacances chez eux. C'est lui qui est intervenu pour décider le curé de notre paroisse parisienne de nous autoriser, Marie-Ange et moi, à faire ensemble notre première communion.

Malgré ses opinions antireligieuses, Papa éprouve sympathie et estime pour ce prêtre cultivé, serviable et plein d'entrain qui aime à répéter : « Si Dieu a fait les bonnes choses, c'est bien pour qu'on y fasse honneur ! »

Grand, les yeux bruns et rieurs, le teint coloré, l'abbé Pérignac, un vrai Gascon, n'inspire nullement la mélancolie mais plutôt la joie de vivre. Il doit avoir à peu près l'âge de Papa.

— Pourquoi donc souhaite-t-il nous voir ? s'interroge mon père. D'ordinaire il vient à la maison pour goûter ou déjeuner avec les Pongalant, mais c'est bien la première fois qu'il manifeste le désir d'être reçu tout seul !

— Sans doute veut-il nous parler de Jacques, soupire Maman. Depuis la visite de Mme

Pongalant, nous n'avons reçu personne de la famille, si ce n'est Philippe, mais nous n'avons guère été aimables avec lui. Peut-être ont-ils des propositions à nous faire. Si tu demandais à l'abbé de venir ici demain ?

Conduit par le jardinier des Pongalant jusqu'à notre porte, dans une élégante petite voiture à cheval appelée drôlement par les grandes personnes « un tonneau », l'abbé Pérignac pousse en habitué le portail de la cour. Il pleut. Aussi élève-t-il au-dessus de sa vigoureuse tête poivre et sel un large parapluie noir. Pour se protéger tout à fait, il a revêtu un long manteau de même couleur qui recouvre sa soutane. Comme il a pour habitude de fumer la pipe, une forte odeur de tabac pénètre avec lui dans la véranda où il s'arrête un instant pour plaisanter avec Mémé qui nous garde, Marie-Ange et moi. Marraine a préféré s'enfermer dans sa chambre et Jacques doit se trouver dans la sienne, à souffrir.

Se méfiant à juste titre de notre curiosité, nos parents nous ont confiées à notre grand-mère qui nous surveille pendant la conversation qui s'éternise dans le bureau de Papa.

La fin du dialogue que j'ai surpris avant-hier à la Garenne et les adieux de Lulu à Jacques me suffisent pour imaginer ce qui peut se dire dans la petite pièce bien close qui nous est interdite. Mais je n'en souffle mot. Ma sœur, qu'un pareil remue-ménage commence à agacer, apprend à tricoter en compagnie de Mémé, ce qui les amuse toutes les deux. Moi, je lis mon gros livre.

Quand l'entretien est enfin terminé, l'abbé sort directement par la petite porte donnant sur la rue pour rentrer à pied chez ses amis, sans passer nous voir dans la véranda. Après l'avoir accompagné jusqu'au seuil, nos parents reviennent vers nous. Maman est rouge d'indignation, et Papa semble préoccupé.

Ils traversent tous deux la salle à manger et prennent des parapluies dans la véranda pour aller rejoindre Marraine, toujours enfermée chez elle.

— Nous avons à parler à Dol, dit rapidement Maman en s'adressant à nous trois.

Elle fait un signe de connivence à Mémé qui soupire. Nous voyons alors nos parents franchir la cour sous des trombes d'eau, frapper à la porte de l'annexe et, laissant leurs parapluies dehors, entrer dans la chambre qui sent si bon.

Le soir, au dîner, Marraine, qui ne peut s'empêcher de pleurer, ne cesse de s'essuyer les yeux. Ses beaux cheveux blancs brillent sous la lumière du lustre d'étain, mais son menton tremble comme celui d'une vieille femme. Je la contemple avec désolation. Jacques n'est pas descendu. Maman s'est rendue dans sa chambre avant de revenir de l'annexe. Elle s'est attardée un bon moment avec lui, puis est allée directement à la cuisine où elle s'est emportée contre Paulette qui s'était mêlée de faire la sauce blanche pour le chou-fleur au gratin. Les échos de sa colère sont parvenus jusqu'à nous et je pense qu'elle use ses nerfs sur la première venue parce qu'elle a de la peine pour Jacques.

Autour de la table, personne ne semble avoir faim. Tonton, seul, mange paisiblement après avoir posé près de lui son couteau à manche de corne qu'il repliera avec soin, le repas terminé. Il n'aime pas se servir des couteaux du service et apporte toujours le sien en dépit des remarques de Mémé. Papa souffle fort, plusieurs fois de suite, comme il a coutume de le faire quand il est mécontent.

— Je ne manque pas de considération pour l'abbé Pérignac, dit-il au bout d'un moment en rompant le silence général, mais, cette fois-ci, il a accepté de se charger d'une bien mauvaise mission !

— Il n'y est pour rien, répond Maman. Il n'était là qu'en intermédiaire. Il a même reconnu ne pas partager l'avis des Pongalant.

— Ces petits noblaillons, lance Papa avec amertume, ne cesseront jamais de mépriser les gens comme nous, même s'ils ont plus de qualités qu'eux !

— Marcel, dit Mémé qui respecte son gendre mais redoute ses partis pris, Marcel, si nous parlions d'autre chose ? Savez-vous que Marie-Ange commence à ne pas mal tricoter du tout ?

Cette tentative courageuse entraîne une conversation hachée de silences qui nous conduit tant bien que mal à la fin du repas. Comme nous posons nos serviettes roulées dans leur cercle de métal, Marraine se lève et va vers Maman.

— Tu comprendras, Berthe, dit-elle d'une voix encore tremblante, que Jacques et moi ne restions pas jusqu'au bout de nos vacances à La Chartre. De toute façon, il n'y a plus que quelques jours avant le quinze septembre. Nous partirons demain matin.

Je me jette dans ses bras en pleurant. Elle me serre un moment contre sa poitrine, m'embrasse tendrement, mais je devine qu'elle ne changera pas d'idée. Jacques et elle s'en iront demain, comme elle vient de le dire. J'essaie de la comprendre, mais ma déception est très profonde. La fin de nos vacances est gâchée.

Le matin suivant, la petite torpédo jaune est chargée par un Jacques aux traits ravagés et douloureux. Il ne s'attarde pas en adieux prolongés, coupe court aux attendrissements, nous embrasse, broie la main de Papa et démarre en faisant crisser les pneus sur la route goudronnée. Près de lui, Marraine, qui a également évité de s'attendrir, serre une fois de plus les dents sur le malheur qui s'acharne.

Je les vois partir avec beaucoup de peine et un sentiment de dépossession douloureux, déjà ressenti l'an passé. Les jours qui restent devant nous avant ma rentrée en sixième me paraissent dénués d'intérêt, et bien méchants les gens de La Chartre avec leurs racontars... Comme d'habitude, Maman passe alors à l'action. Elle décide d'inviter à la maison les petits amis que nous connaissons et, pour commencer, les jeunes frères et sœurs des membres du fameux groupe dispersé par l'approche de la rentrée mais aussi par l'air empoisonné de toutes ces histoires. Nos cousines Nicole et Jacqueline y sont, bien entendu, également conviées. Le premier goûter ainsi organisé tourne mal. J'ai en effet le malheur de renverser mon verre de cidre sur la nappe de la salle à manger où Maman a réuni une dizaine d'enfants de La Chartre et des environs. Prise d'une colère terrible, elle me gifle devant tout le monde et m'emmène par le bras dans la cour en m'interdisant de remettre les pieds dans la pièce jusqu'à la fin du goûter.

Sanglots de ma part, gêne des amis de mon âge, malaise général qui ne se dissipe qu'à l'approche du soir...

Heureusement, la deuxième réunion du même genre se passe mieux que la première.

Maman a décidé d'inviter cette fois les fils et les filles de ses meilleures amies de pension. Celles-ci, ne connaissant pas forcément les Pongalant, ne sont pas toutes au courant des amours brisées de Jacques et de Lulu. Aussi leurs enfants ne risquent-ils pas de parler à tort et à travers d'une histoire qui nous est douloureuse.

Pour changer et parce qu'il fait très beau durant les dernières semaines de septembre, le goûter est prévu à la Garenne, sur le gravier. Les petites tables volantes où Mémé dépose d'ordinaire les fruits qu'elle vient de cueillir sont recouvertes de nappes rustiques et Maman, accompagnée de Paulette, a installé des chaises de fer tout autour. Puis elles ont apporté dans de grands paniers les pâtisseries, toujours faites à la maison, et plusieurs bouteilles de cidre. Parmi les amis invités, en plus de Nicole et de Jacqueline, se trouvent les enfants et les neveux d'une amie très chère à Maman, Mme Aveline. En parlant de cette femme bonne et généreuse, Papa a un jour précisé que s'il y a au monde une personne qui, par son exemple, donne une image convaincante de la foi chrétienne, c'est bien elle et personne d'autre. Jugement qui m'a frappée et dont je pense à part moi qu'il est sévère pour Maman. Elle n'a sans doute pas la douceur et l'indulgente bonté de son amie, mais possède pourtant elle aussi un véritable sentiment de confiance en Dieu. Ne s'est-elle pas toujours battue pour aller à la messe, pour nous y emmener, pour que nous soyons baptisées, pour que nous fassions en temps voulu notre première communion ? Papa avait même ajouté : « Une personne pareille pourrait vous amener à prendre le risque d'une conversion… » Remarque étonnante mais sans lendemain.

Les enfants et les neveux de Mme Aveline sont si nombreux que nous ne pourrions les accueillir tous. Il a fallu choisir ceux que nous souhaitons inviter. Après bien des discussions, nous avons préféré les amis dont l'âge était le plus proche du nôtre. C'est ainsi que nous nous voyons par ce beau jour de fin d'été attablés autour des petites assiettes d'aluminium réservées d'habitude aux pique-niques, en compagnie d'une joyeuse bande de filles et de garçons. Parmi ceux-ci, il m'est déjà arrivé de remarquer que l'un d'entre eux se montrait particulièrement empressé et gentil avec moi. Il s'appelle Robert et fait partie des neveux de Mme Aveline. Je crois que c'est le fils d'une de ses sœurs, mais je me perds un peu dans toute cette famille tellement plus étendue que la nôtre !

Nous jouons à cache-cache, à saute-mouton, aux quatre coins, à cache-tampon, et l'après-midi passe très vite, trop vite.

Dans le feu de l'action, alors que nous jouons à cache-tampon (il s'agit de dissimuler une petite écharpe nouée en boule dans un coin discret du verger), je me trouve soudain, à l'ombre d'un pommier, en face de Robert. C'est un garçon brun, aux yeux vifs, au sourire prompt et charmant. Je lui tends l'écharpe. Il la prend et, pendant une seconde, un instant, nous nous regardons l'un l'autre, intensément, dans les yeux. Il se produit un déclic. Quoi ? Je l'ignore. C'est un moment très bref. Un élan sans nom. Sans conséquence apparente.

Nous décidons en quelques mots d'aller cacher l'écharpe dans la tonnelle de charmille, là où poussent les étranges fleurs livides, en forme de cornets et au pistil jaune. Nous l'y déposons et nous séparons aussitôt après pour courir rejoindre les autres.

Mais l'impulsion qui m'a projetée vers Robert m'a brusquement révélé quelque chose de nouveau. Comment nommer ce sentiment ? Un éveil ? Une promesse ? Je ne sais pas. Mais j'ai l'impression d'avoir soudain changé de rôle. D'observatrice et de confidente, de messagère et de complice, je suis, tout à coup, devenue l'héroïne d'un semblant d'aventure amoureuse. Ou est-ce moi qui imagine encore tout ça ? Non. Je pressens, je devine que Robert, lui aussi, s'est senti attiré par moi.

Ce soir, avant d'aller dîner, je ne me lave pas, à la pompe de la cour, la main qui a serré celle de Robert au moment de son départ. Je veux en conserver la trace dans ma paume le plus longtemps possible. Une fois couchée, dans la chambre que je partage avec Marie-Ange, j'y repense longuement, mais je n'en dis mot à ma sœur. Je tiens à garder jalousement pour moi ce semblant de secret, première approche de ce monde des « grands » où l'amour, je le sais par l'intermédiaire de Jacques et de Lulu, par l'exemple de mes parents et, à présent, par le bref émoi ressenti dans le verger en face de Robert, où l'amour tient, sans doute, la première place…

XV

Le premier octobre, j'entre en sixième. Je commence à étudier le latin et l'anglais, ce qui me fait en même temps découvrir la multiplicité des professeurs dans le secondaire. Tous ces changements m'amusent et m'inquiètent à la fois. Comme toujours, je suis bien vue de mes professeurs de français, d'histoire et de sciences naturelles, mais fort mal de celui de maths. J'en ai l'habitude et ça ne me trouble guère.

Ce qui me trouble bien davantage, c'est la tristesse de Marraine qui vient de nouveau passer le dimanche à la maison. Elle nous dit que Jacques, qui ne s'est pas manifesté à nous depuis son départ de La Chartre, lui donne beaucoup de souci. Il ne sort plus, ne fréquente plus les jeunes gens de son âge et travaille comme un forcené, pour tenter de s'abrutir et de noyer son chagrin.

— Il a toujours été travailleur, remarque Maman.

— Bien sûr, mais pas de cette façon-là...

Avant, il se donnait du mal par ambition, par goût de l'ouvrage bien fait, maintenant c'est tout différent. Il cherche uniquement à épuiser ses forces, à aller jusqu'au bout de lui-même... à s'anéantir, en quelque sorte. Quand il rentre à la maison, il avale son dîner sans presque rien dire, puis, écrasé de fatigue, il va se coucher sans même bavarder un peu avec moi comme il aimait à le faire jadis. Je me sens bien seule alors et je pense parfois que ce ne serait pas plus dur s'il était absent...

— Voyons, Dol, dit Maman qui voit des larmes briller dans les yeux de Marraine, voyons, ne te laisse pas abattre ! Réagis ! Il faut que tu tires Jacques de cette souffrance disproportionnée, causée par une coquette qui n'en vaut pas la peine et qui va épouser au printemps prochain ce bon à rien de Gérard de Bailly ! Nom d'un petit bonhomme, ces deux-là vont faire un fameux couple !

— Comment sais-tu que Lulu va se marier si vite ?

— Parce que nous avons reçu une invitation pour ses fiançailles. Elles auront lieu à la fin de ce mois. Crois-moi, les Pongalant ne vont pas faire traîner les choses !

— Sans doute as-tu raison, admet Marraine avec un triste soupir. Ils doivent être pressés de se débarrasser d'une fille qui s'est ouvertement compromise avec Jacques.

Nous sommes dans la salle à manger, autour de la table sur laquelle la boîte de Nain jaune attend notre bon vouloir. Papa est dans sa chambre à terminer un rapport pour son ministère. Il aime bien travailler le dimanche.

— Comptez-vous aller à ces fiançailles ? demande Marraine d'un ton neutre.

— Bien sûr que non ! Si les Pongalant ne sont pas contents, ils n'auront qu'à reculer les maisons ! Tu nous vois féliciter Lulu et son fiancé ? Ce n'est même pas imaginable !

J'aime bien Maman quand elle s'enflamme ainsi pour une juste cause.

— Allons, laissons agir le temps, dit Marraine en esquissant un brave petit sourire. Il n'y a pas de meilleur guérisseur et, en attendant, jouons donc au Nain jaune pour amuser les petites.

Nous n'allons pas aux fiançailles de Lulu et de Gérard. Que pourrions-nous leur dire ?

Marie-Ange atteint neuf ans. Nous grandissons lentement, trop lentement. Noël revient ensuite et, comme d'habitude, nous partons pour La Chartre avec la Peugeot. Le temps est glacial. La voiture dérape en pleine Beauce, un peu après Thivars, sur une plaque de verglas, et va buter contre un talus. Dieu merci, le choc n'est pas trop rude. Maman n'a qu'une petite écorchure au bras, Papa rien, mais il est tout pâle... Marie-Ange et moi en sommes quittes pour la peur. Mais dès que nous voulons marcher sur la route verglacée, nous tombons durement sur les genoux.

— C'est une vraie patinoire! s'écrie Maman, remontez vite avec nous!

Nous regagnons tant bien que mal la Peugeot et nous y blottissons auprès de Paulette qui nous enveloppe dans les couvertures que nous emportons toujours en hiver. Il fait froid dans la voiture. Papa se préoccupe du bras de Maman, mais elle dit que ce n'est rien et qu'elle en a vu bien d'autres...

Une deuxième auto surgit soudain, glisse elle aussi, et va s'encastrer dans un fossé plein d'eau gelée. Une troisième subit le même sort, puis encore une, encore une, encore une!

Toutes celles qui suivent dérapent et vont tour à tour buter contre les talus ou piquer du nez dans le fossé. Il y a bientôt autour de nous une dizaine de véhicules accidentés dans tous les sens. Les automobilistes qui veulent descendre tombent sur la route comme nous l'avons fait. Heureusement, il y a très peu de blessés. Seule une femme a une jambe cassée et crie non loin de nous. Maman décide d'aller lui porter secours.

— Et ton bras? demande Papa.

— Ce n'est rien, mon ami, rien du tout à côté de ce qu'a cette pauvre femme. N'oublie pas que j'ai été infirmière en 14.

Elle descend de la Peugeot et, marchant avec précaution sur l'herbe gelée du talus qui se révèle moins glissante que la chaussée impraticable, elle se dirige vers la femme blessée qui gémit douloureusement.

— Comment allons-nous gagner La Chartre, à présent ? se demande tout haut Papa. Il faudrait pouvoir prévenir un garagiste, mais avec tout ce que nous transportons dans la voiture, il aura du mal à nous tirer d'affaire.

Marie-Ange et moi grelottons. Paulette, qui est pleine de gentillesse à notre égard, nous déchausse, prend nos pieds dans ses mains et souffle dessus pour nous réchauffer un peu.

Maman revient au bout d'un long moment. Elle a posé une attelle sur la jambe brisée et fait un bandage improvisé avec une serviette appartenant à la pauvre femme et qu'elle a déchirée. Elle rapporte également des nouvelles.

— Un des accidentés est allé frapper à la porte de la ferme qu'on voit là-bas. Ce sont de gros fermiers beaucerons qui ont le téléphone. Ils ont appelé un garagiste de leur connaissance qui va venir nous dépanner avec un camion dont les pneus sont munis de chaînes. C'est, paraît-il, la seule façon de rouler quand il y a de la neige ou du verglas. Il va nous emmener tous à la gare de Chartres où nous verrons quelles sont les heures de train.

— Et si nous rentrions à Paris ? propose Papa. Tu pourras télégraphier à ta mère que nous avons eu un accident pas très grave, mais assez cependant pour nous empêcher de continuer le voyage. Je suis sûr qu'elle comprendra.

— Peut-être as-tu raison, reconnaît Maman. La réparation de la voiture risque de nous faire perdre bien du temps avec toutes les autres que le garagiste va avoir à remettre en état. Tant pis ! Nous sommes sains et saufs et c'est le principal. Maman va être si soulagée de savoir que nous n'avons rien, qu'elle ne nous en voudra pas de ne pas être pour Noël à la Garenne.

Voilà donc nos quinze jours de vacances qui se passent à Paris et non à La Chartre, à cause de cet idiot d'accident ! En compagnie de Maman, nous nous rendons à la messe de minuit de notre paroisse, Saint-François-Xavier. Le lendemain matin est consacré aux cadeaux : déguisement, livres, stylos. Les jours suivants, nous allons au cinéma avec nos parents ou avec Marraine. C'est elle qui nous emmène voir *Le chemin du paradis*, un film qui me plaît beaucoup avec Henri Garat et Lilian Harvey.

Puis arrive le jour de l'an, premier janvier 1933, avec la boîte de marrons glacés traditionnellement offerte par Papa à sa femme et à ses filles. Bien vite après, c'est à mon tour de fêter mon anniversaire : onze ans seulement ! Je trouve que le temps traîne et lambine interminablement... A la mi-février, la T.S.F. de Papa nous apprend que le gouvernement vient d'instituer une nouvelle loterie d'État qui s'appellera la « Loterie nationale ». Il paraît qu'on peut y gagner beaucoup d'argent. Papa dit que c'est tromper le peuple, car il y a une chance sur des millions de toucher le gros lot. Maman hausse les épaules et lance :

— Pauvre France ! Les gens sont maintenant tous des gogos ! Où allons-nous ?

Je l'ai déjà entendu poser cette question l'an dernier, au moment de l'assassinat du président de la République, mais il ne me semble pas, à moi, que les choses aillent plus mal maintenant qu'avant la mort du président Doumer...

En mars, nous recevons les invitations redoutées nous conviant au mariage de Lulu et de Gérard de Bailly.

— Je ne veux pas y aller ! lance tout d'abord Maman.

Mais Papa la raisonne.

— Les Pongalant ont pu penser que nous étions pris ailleurs le jour des fiançailles, ainsi que nous le leur avions écrit, mais il n'est pas possible de recommencer. Ce serait désobligeant, mal élevé. Il suffira de ne pas en parler à Dol. Tu pourras aller à la messe de mariage avec nos filles et je me joindrai à vous pour le lunch qui suivra, ainsi que l'annonce le faire-part. Je m'arrangerai pour disposer de mon après-midi.

Mon Dieu ! Nous y voilà donc ! Lulu se marie avec un autre que Jacques ! En larmes, je m'écroule sur mon lit. Que le monde est donc laid ! Que les hommes sont méchants !

Quand Lulu, au bras du colonel Pongalant en grand uniforme, entre dans la haute et immense nef de Saint-François-Xavier, je la dévore des yeux. Comme elle est pâle dans sa robe de satin blanc ! Le léger voile qui lui couvre le visage ne cache ni son teint blême, ni sa maigreur. Comment peut-elle tenir debout ? Ah ! je ne serais pas étonnée de la voir s'écrouler sur le si long tapis rouge qui doit la conduire jusqu'à l'autel décoré de gerbes de fleurs blanches. Son père la soutient fermement. J'ai l'impression qu'il l'oblige à marcher. Je remarque qu'elle a tellement maigri qu'on voit les os de son bassin saillir sous le satin. Une traîne, recouverte d'un long voile de tulle, la suit dans sa marche lente vers l'imposant autel qui, du haut de plusieurs degrés, brille de tous ses ors, et vers les lourds fauteuils de bois doré, recouverts de velours cramoisi, qui attendent les futurs époux devant les grilles basses de la table de communion.

J'ai déjà assisté, avec mes parents, à quelques mariages, mais je n'ai jamais vu de mariée aussi livide, aussi crispée. Les yeux baissés, elle accorde son pas à celui de son père. Elle porte à la main une gerbe de fleurs blanches dont quelques-unes, pendantes, ont été placées de façon à descendre jusqu'au bas de la longue jupe qui recouvre ses escarpins de peau immaculés.

— On dirait une victime marchant au sacrifice, murmure Maman sans s'adresser à personne.

Vêtues de robes en soierie artificielle bleue parsemées de petites fleurs roses et agrémentées d'un double volant au bas de nos jupes, Marie-Ange et moi nous sentons aussi raides et empruntées que malheureuses. Nous reconnaissons l'abbé Pérignac, magnifique dans une chasuble brodée d'or, qui officie en compagnie de deux autres prêtres. Nous le retrouverons en juin, pour nos premières communions solennelles, mais, pour le moment, nous sommes fascinées par la progression traînante et interminable de Lulu qui semble chercher à retarder le plus possible l'instant fatal.

— Pauvre enfant ! soupire Maman à mi-voix, sans se soucier des regards désapprobateurs lancés par certains de nos voisins.

Gérard de Bailly, en jaquette rayée et camélia blanc à la boutonnière, fait une entrée discrète au bras de sa mère. Lui aussi est pâle et donne l'impression d'être tendu. Les parents et amis privilégiés suivent, avec un mélange de componction et de curiosité. Mme Pongalant porte une longue robe de dentelle grise. Sur sa chevelure jadis fauve, qu'adoucissent de nombreux cheveux blancs, un chapeau cloche en paille gris perle est posé en équilibre instable à cause de l'épais chignon noué en forme de huit, très haut sur la nuque. Non sans une certaine grâce désinvolte, elle s'appuie au bras de M. de Bailly qui a l'air d'un bon vivant et la contemple avec admiration.

Ni ma sœur ni moi ne sommes assez grandes encore pour pouvoir suivre l'office que les adultes, placés au rang qui nous précède, nous cachent de leur haute taille. En nous penchant sur le côté, nous apercevons seulement, dans le chœur, une silhouette blanche et une silhouette sombre, côte à côte. Des volutes d'encens les entourent, les chants sont éclatants. Maman, qui n'aime pas la musique, attend d'un air agacé qu'ils s'interrompent, et les déferlements des grandes orgues l'horripilent visiblement. Comme nous sommes arrivées en retard, selon l'habitude maternelle, nous nous trouvons placées aux rangs du fond, pas très loin du porche monumental auprès duquel un suisse, chamarré jusqu'à son bicorne galonné d'or, se tient debout, une hallebarde scintillante dans une de ses mains gantées de blanc.

A l'instant où les mariés échangent leurs anneaux, le bruit sourd d'un corps qui s'écroule nous fait tourner la tête derrière nous. Plusieurs de nos voisins se sont déjà précipités. Une personne a dû se trouver mal. De nos places, nous ne distinguons qu'un moutonnement de dos.

— Il fait si lourd ici avec ces bouches d'air chaud qui soufflent leur haleine entre nos pieds, remarque quelqu'un à côté de nous. On peut en être incommodé...

Maman scrute de ses yeux bleus si clairs, si perçants, soudain inquiets, le haut de l'église. Le suisse s'est porté au secours de l'inconnu qui est tombé une minute plus tôt. Aidé par un de ses assistants, il l'a étendu sur deux chaises vides du dernier rang. Plusieurs personnes l'entourent encore. Aussi, ne voyons-nous toujours pas celui ou celle qui s'est évanoui.

— Mon Dieu ! s'exclame Maman qui a dû

apercevoir de qui il s'agissait par-dessus les têtes penchées. Mon Dieu ! Il est venu !

« Il... » Je sais tout de suite ce qu'elle veut dire : Jacques s'est glissé dans la foule, le plus loin possible des mariés, pour assister à la cérémonie qui met fin à son ultime espoir. Comme il doit se sentir malheureux pour avoir accompli une pareille folie ! Il a sans doute voulu constater de ses propres yeux l'engagement sacré qui lie à jamais celle qu'il aime à son rival... Je tire Maman par la main.

— Allons le voir, dis-je presque haut.

Maman me foudroie du regard.

— Je t'interdis de bouger ! m'ordonne-t-elle à voix basse. Nous ne sortirons que lorsque la messe sera terminée !

Quand l'office s'achève dans le rugissement des orgues et le murmure des assistants, il nous faut encore attendre la sortie des mariés qui, derrière le suisse en grand uniforme, frappant le sol de sa hallebarde, passent devant nous comme dans un cauchemar, en se donnant le bras. Lulu tente de sourire, mais elle est toujours aussi pâle. Gérard est plus détendu, il semble soulagé. Je remarque qu'ils marchent tous deux beaucoup plus vite qu'à l'aller, comme pour s'éloigner sans tarder du lieu où ils se sont unis.

Quand nous pouvons enfin quitter nos places, plus personne ne gît sur les chaises en paille du dernier rang... Sans un mot, Maman serre durement les lèvres et nous conduit sur le parvis. Devant les photographes les nouveaux mariés sourient comme on le leur demande, mais le regard de Lulu n'exprime qu'une morne résignation, sans joie.

Papa nous rejoint à ce moment-là.

— J'arrive de la rue de la Banque, dit-il, et je suis libre pour tout le reste de la journée.

Maman acquiesce, mais elle a la tête ailleurs. Elle se penche à l'oreille de Papa et lui parle un moment tout bas. Pendant ce temps-là, je regarde Gérard faire le beau auprès de Lulu et je me souviens alors de ce qu'elle a dit à Jacques, à la Garenne, non loin de moi, pendant leur dernière entrevue : « Je lui coûterai cher, très cher, encore plus cher ! » Je me dis que la nouvelle mariée ne manque pas de défense et qu'elle saura s'y prendre pour faire payer à celui qui l'a achetée les intérêts douloureux de son propre chagrin et de celui de Jacques.

Nous partons ensuite pour la réception donnée au Cercle militaire. Les deux familles invitantes ont bien fait les choses. Un buffet magnifique, paré de gerbes de fleurs blanches, nous attire aussitôt, Marie-Ange et moi. Nous nous y précipitons, mais Maman nous saisit par le bras pour nous ordonner d'aller d'abord embrasser Lulu et saluer son jeune mari ainsi que ses parents.

Lulu est toujours aussi blême. Ses yeux sont cernés de brun et je ne jurerais pas qu'ils ne sont pas rougis de larmes. Mais elle est capable de crânerie et le montre aussitôt en lançant à Maman qui nous tient toutes deux par la main :

— Croirez-vous que j'ai trouvé moyen de prendre froid et d'attraper une angine au début de la semaine ! Je suis encore fiévreuse et ne tiens pas sur mes jambes. J'ai une mine de déterrée !

— C'est vrai que vous avez l'air bien pâlotte, remarque Maman. J'avais mis cela sur le compte de l'émotion !

Lulu lève vers Maman un regard amer, mais Gérard vient alors la chercher pour lui présenter de nouveaux amis et ils s'éloignent au bras l'un de l'autre. Papa, qui est allé d'abord saluer M. et Mme Pongalant, car il apprécie l'esprit de l'une et le caractère de l'autre, revient vers nous, un sourire amusé sur les lèvres.

— Sais-tu ce que m'a dit le colonel comme je le félicitais de ce mariage : « Mon cher, on est toujours heureux quand on marie sa fille ! » En voilà un au moins qui ne se fait guère d'illusions sur la nature humaine !

— Il vous faut aller saluer maintenant les parents de Lulu, ensuite, mais ensuite seulement, vous pourrez aller vous empiffrer au buffet ! nous dit Maman.

Apparemment, elle non plus ne se fait pas beaucoup d'illusions sur la nature humaine... de ses filles ! Nous rentrons à la maison l'estomac alourdi, les doigts poisseux et nos robes un peu salies, ce qui nous vaut une nouvelle réprimande maternelle, mais, en dépit de notre gourmandise satisfaite, nous ne conservons ni l'une ni l'autre un bon souvenir du mariage de Lulu et, cette fois-ci, la colère de Maman n'y est pour rien.

Le dimanche suivant Marraine et Jacques déjeunent à la maison. J'observe à la dérobée, mais avec admiration, mon cousin qui s'est si discrètement évanoui durant le mariage de sa bien-aimée à Saint-François-Xavier. Il est pâle et amaigri mais semble avoir retrouvé courage, dignité, détermination. Une sorte de lueur farouche anime son regard sans que je sache pourquoi. A mon grand étonnement, la conversation demeure banale. Les grandes personnes parlent d'un certain Hitler qui a été nommé chandelier ou chancelier, je ne sais plus, de l'Allemagne vaincue à la Grande Guerre et qui, d'après Marraine, pourrait devenir dangereux pour la paix. Mais la politique m'ennuie et je ne me sens nullement concernée par toutes ces histoires-là.

Après le dessert, nous gagnons le salon. C'est là que, soudain, Jacques parle. Il s'adresse en même temps à sa mère, à la mienne et à Papa.

— Voilà, dit-il en se penchant vers eux trois d'un mouvement à la fois décidé et passionné, voilà : j'ai beaucoup réfléchi ces derniers temps. Mon boulot m'ennuie, je perds mon temps dans une affaire qui ne me permettra jamais de faire autre chose que de m'encroûter...

— Mais tu gagnes bien ta vie ! s'écrie Maman.

— Sans doute, mais ça ne me suffit plus. Vois-tu, maintenant, j'ai d'autres ambitions.

Il s'arrête un instant, constate que sa mère le considère avec angoisse et se force à sourire.

— Avez-vous entendu parler de l'Aéropostale ? reprend-il. Sans doute pas. C'est une compagnie française d'aviation, créée par Pierre Latécoère, un type pharamineux, qui a eu l'idée de mettre en service une ligne spécialement organisée pour le transport du courrier entre l'Europe et l'Amérique du Sud.

— Mon Dieu ! gémit Marraine en fermant les yeux.

— Au mois de mai 1930, c'est-à-dire il y a trois ans, continue Jacques avec la volonté manifeste d'en finir le plus vite possible, sans se laisser émouvoir, l'Aéropostale a effectué la première liaison commerciale, qui constituait aussi, soit dit en passant, la cinquième traversée sans escale de l'Atlantique. Mermoz est le plus prestigieux des pilotes de cette ligne.

— Bien sûr, dit Papa. Qui ne connaît Mermoz ?

— C'est lui qui a établi la ligne Buenos Aires-Rio de Janeiro et le franchissement de la Cordillère des Andes, grâce à son courage et à ses dons de pilote, poursuit Jacques avec enthousiasme. C'est un héros comme il y en a peu.

— Mon pauvre enfant, l'interrompt Marraine, tu veux suivre ses traces ?

— J'ai déjà commencé à prendre des cours

de pilotage au Bourget. Je semble doué, à ce que m'a dit mon instructeur, et j'ai bien l'intention d'aboutir sans tarder. Pardonne-moi, Maman, de ne pas t'en avoir parlé, mais je préférais ne pas t'inquiéter avant de m'être complètement décidé.

— Parce que, maintenant, tu es sûr de toi ? lance ma mère avec agressivité.

— Je le suis et rien ne me fera revenir en arrière.

— Dis plutôt que c'est le mariage de Lulu qui t'a poussé à partir, à t'enfuir loin d'elle et de ton fol amour ! Je sais que tu étais à Saint-François-Xavier. Je t'y ai vu !

— Tu y es donc allé ! s'écrie Marraine.

Touché, Jacques se redresse. Il se met debout et déambule à travers le salon.

— Je ne le nie pas. Mais c'est du passé ! Maintenant, je veux prendre le large ! Il y a bien d'autres exemples de gens qui se sont éloignés parce qu'ils souffraient et qu'ils ne se supportaient plus là où ils vivaient auparavant. Beaucoup s'en sont trouvés guéris. C'est un bon moyen d'échapper à ses hantises...

Un silence. Je suis atterrée. Non seulement Jacques va partir, mais il va piloter un de ces dangereux avions qui survolent Paris dans un ronronnement de moteur que traversent parfois d'inquiétants hoquets... Je n'ose pas bouger, mais je voudrais courir vers lui pour l'embrasser et le supplier de rester. C'est Marraine qui intervient à ma place.

— Tu songes donc à me laisser derrière toi, à m'abandonner, alors que je te saurai si loin et en danger constant !

Elle baisse la tête sur sa poitrine et se met à pleurer doucement, sans bruit, comme si ses larmes étaient du sang coulant d'une blessure. Je me jette dans ses bras et l'embrasse avec passion.

— Tu es complètement fou ! s'écrie Maman d'une voix vibrante. Tu vois pourtant le mal que tu fais à ta mère ! Comment peux-tu songer à te conduire si égoïstement ?

— La ligne Dakar-Natal n'est pas plus dangereuse qu'une autre, Marraine, et elle me permettra de voir du pays, d'oublier. Le Brésil est, paraît-il, un pays magnifique.

— L'Amérique du Sud est une poudrière où les attentats se succèdent sans arrêt ! hurle Maman, hors d'elle. Tu veux donc tuer cette pauvre Dol qui n'a que toi au monde ! Et tout l'effet que ça te fait, c'est que tu parles du plaisir de découvrir le Brésil !

Jacques vient de déchaîner l'ouragan. Une rage folle soulève Maman qui se laisse emporter par sa fureur et son chagrin. Elle n'a pas assez de mépris pour écraser son filleul de son indignation, de ses reproches, de sa dérision.

Terrorisée, je me recroqueville entre les bras de Marraine qui continue à pleurer contre ma joue. Mais Jacques ne bronche pas sous la tempête. Les bras croisés sur la poitrine, le front baissé, il attend que passe la bourrasque. Papa tente de calmer Maman, mais en vain, il faut qu'elle aille jusqu'au bout de son emportement...

Quand le silence se fait enfin, Jacques va se planter devant Maman et, plongeant ses yeux sombres dans le regard clair, que la rougeur du visage congestionné rend encore plus bleu, il dit simplement :

— Ma décision est irrévocable. Je m'envolerai dès que j'aurai obtenu l'autorisation nécessaire après l'obtention de mon brevet de pilote. Que tu le veuilles ou non, Marraine, n'y changera rien, rien du tout !

Il se tourne vers sa mère, la prend avec tendresse par le bras, l'arrache ainsi à mon étreinte et dit :

— Viens, Maman, nous avons encore plusieurs mois devant nous. Tu auras le temps de t'habituer à notre séparation et, à chacun de mes retours, tu verras la fête que nous ferons !

Elle lui sourit à travers ses larmes et ils se dirigent tous deux, l'un soutenant l'autre, vers la porte de notre appartement.

Marie-Ange et moi, aussi paralysées par l'effroi l'une que l'autre, mais également désolées, nous nous précipitons vers eux pour les embrasser de toutes nos forces.

— A bientôt, mes chéries, murmure Marraine d'une voix cassée.

— A bientôt, les petites, dit Jacques.

Il me semble deviner comme une lueur d'espérance dans ses prunelles.

La porte refermée, nous revenons vers nos parents.

— En t'emportant comme tu viens de le faire, tu ruines ta santé, remarque Papa, l'air soucieux. Tu sais bien que ces colères ne peuvent te faire que du mal. Tu devrais te maîtriser.

— Je ne peux pas, répond Maman de l'air de quelqu'un qui n'est pas mécontent de son éclat. Tu sais bien que je suis soupe au lait. Il faut que ça sorte. Et puis, cette fois, je défendais Dol. Elle ne se remettra pas du départ de Jacques.

— Mais si, assure Papa, mais si, ne dramatise pas. C'est tout de même moins grave de voir son fils partir en avion que de le voir s'en aller à la guerre !

Quatre mois plus tard, Jacques s'envole vers son nouveau destin. Auparavant, nous l'avons revu de temps en temps, toujours aussi ferme, aussi assuré dans sa détermination. Maman et lui ne se sont plus heurtés. A quoi bon ?

Le jour de son départ, nous sommes en vacances, à La Chartre. Je monte à la Garenne et contemple longuement le ciel bleu où Jacques doit voler à tire-d'aile. Quels sont à présent ses sentiments ? Je ne peux les imaginer. Nous avons appris que Lulu attendait un bébé. Jacques le sait-il ? Je l'ignore. Il y a tant de questions auxquelles les enfants, même les plus curieux et les plus romanesques, ne peuvent jamais répondre ! Tout au plus peuvent-ils supposer… Allons, je ferais mieux de penser à Robert que j'ai déjà revu plusieurs fois et qui s'occupe de moi avec beaucoup d'attention…

Mais Maman, de son côté, ne doit pas cesser de songer aujourd'hui à son filleul. Quand je descends, à l'heure du déjeuner, je l'entends qui dit à Papa :

— Quel malheur ce départ ! C'est fini. Jacques s'est envolé dans son maudit avion. Il ne reviendra pas !

— Mais si, mais si, il reviendra, répond Papa. Pourquoi toujours prévoir le pire ? Tu verras. Tout ça finira très bien !

Le 17 mars 1934, Marraine arrive à la maison, anéantie. Jacques est mort. Elle a été informée par la direction de l'Aéropostale que son avion est tombé en plein océan.

Devant nous, Marraine n'est plus que solitude et chagrin. Comme il va falloir l'aimer !

Le 22 juin 1994

Imprimé en France par la
Société Nouvelle Firmin-Didot en janvier 1998
Dépôt légal : septembre 1996
N° d'impression : 41010